ARTHUR

MICHEL RIO

ARTHUR

ÉDITIONS DU SEUIL
27, rue Jacob, Paris VIe

L'auteur remercie vivement pour son aide
le Centre national du livre.

ISBN : 2-02-037365-3

www.seuil.com

Note de l'auteur

Il y a à la fin de ce récit un seul chapitre commun à *Merlin* et *Arthur*, premier et dernier volets de la trilogie. J'en ai réécrit la partie narrative, ce qui était possible dans la mesure où *Merlin* est un récit à la première personne, *Arthur* à la troisième, et qu'on peut admettre comme plausible, sinon nécessaire, une variation d'optique sur les événements et les choses. Mais j'ai évidemment reproduit les parties dialoguées (environ trois pages) comme logiquement identiques dans les deux textes.

J'ai utilisé, comme dans *Merlin* et *Morgane*, des mesures romaines. En voici les valeurs :

palme ou paume (*palmus*)	7 cm
pied (*pes*)	29 cm
pas (*passus*)	1,48 m
mille (*mille passus*)	1 480 m
jugère (*jugerum*)	25 ares ou 2 500 m^2

La nuit couvrant lentement les terres de l'est s'avançait sur Carduel, aggravée d'épaisses nuées basses venues du grand océan occidental, comme si ces deux ténèbres nées aux antipodes voulaient se rejoindre au-dessus de la capitale de Logres pour la plonger dans l'obscurité absolue du deuil. Et le deuil était dans le cœur du roi, ombre géante postée devant une embrasure du palais, dans la haute ville, fixant l'espace. La mer était vide, où dansait, à l'entrée du port, le reflet des torchères illuminant par places le versant lisse d'une lame ou un sommet écumeux prêt à déferler. Des veilleurs en armes, silhouettes dérisoires à demi effacées par la distance et l'opacité accrue du ciel, circulaient sur le rempart dévalant les terrasses de la cité qui s'étageaient depuis le palais jusqu'à la jetée monumentale défendant le bassin portuaire. Les voies et les ruelles étaient désertes, et dans l'enchevêtrement des vastes demeures des riches et des masures des pauvres, les ouvertures laissaient filtrer la lueur des lampes. Le regard d'Arthur retournait obstinément à l'eau, où venaient de disparaître, en un même jour, le premier de l'automne 491, Morgane et Merlin, la sœur-amante et le père-guide, la rebelle et le créateur, tout l'esprit de Logres, toute l'âme du roi, enfuis, sur ce chemin sans traces, l'une vers Avalon dans un bannissement à jamais qu'elle avait souhaité, l'autre vers une retraite ignorée dans un exil volontaire.

Arthur, avec un effort de tout son être, s'arracha à sa rêverie. Il se mit à errer dans les couloirs. Il s'arrêta devant une porte, l'ouvrit et pénétra dans une chambre. Sur une couche, un adolescent, presque un enfant, dormait, éclairé par la flamme d'une lampe. Son corps long et mince, gracieux et délicat comme celui d'une fille, laissait cependant deviner que, développé par l'exercice des armes, il deviendrait haut et puissant. Des boucles brunes encadraient un visage d'une beauté extraordinaire, où Arthur reconnaissait les traits de Morgane et les siens, hérités de leur mère Ygerne. Il tressaillit. L'enfant avait ouvert les yeux qui, dans la lumière de la lampe, montraient cette acuité verte, pénétrante, qui lui venait de Morgane seule. Ils se contemplèrent un long moment en silence.

« Morgane t'a dit que je suis ton père, Mordred, dit enfin Arthur.

– Oui, Seigneur. Elle m'a dit aussi que je ne puis prétendre cela devant personne, car elle et toi-même êtes sœur et frère à demi, ayant la même mère, et que je suis le fruit d'un crime aux yeux des hommes.

– Oui. Le fruit de mon crime, et aussi de ma plus grande félicité. Mon plaisir d'être. Ma raison d'être. Et aussi mon amertume d'être, à cause de son exil.

– Je pensais que ta raison d'être, c'était la Table Ronde.

– Non, c'est Morgane.

– Je ne comprends pas. Ma mère m'a élevé dans

l'unique souci de la Table de Camelot dont cependant elle se disait l'ennemie. Et toi, qui es la Table, tu lui préfères son ennemie, donc le tien.

– Je ne suis pas la Table, Mordred. Je ne suis pas une idée. Tout au plus son mauvais serviteur, mais d'abord une chair aimant une autre chair qui est Morgane. Nous sommes amants et ennemis, et plus amants qu'ennemis, même si en fin de compte l'inimitié régit et sépare nos destins.

– Et cela est juste, Seigneur. Ma mère m'a dit que l'idée est tout, l'être rien.

– Dans ce cas, elle t'a inculqué la valeur non de l'idée pour l'être, mais de l'idée pour elle-même. Elle n'a pas fait de toi le serviteur de la Table, mais son ennemi. Et je comprends les voies de son projet qui est de détruire. Car la plus grande tueuse de chair qui soit, c'est l'idée pure. »

Arthur observait le désarroi de l'enfant. Il reprit :

« Que veux-tu que je fasse de toi ?

– Un serviteur de la Table.

– J'essaierai. Mais je tenterai de me conformer au projet de Merlin, non à celui de Morgane. »

Il lui sourit. Il posa sa main sur sa tête qu'il caressa un instant, puis il le baisa au front. Le désarroi de Mordred s'accrut, car jamais il n'avait connu pareil geste d'affection de la part de Morgane. Et au sein même de cette confusion il ressentait l'ébauche d'un sentiment ignoré, comme le premier signe tardif et obscur d'une capacité d'amour jusqu'alors étouffée.

Arthur sortit et reprit son errance dans le palais. Devant la haute porte de l'appartement de Guenièvre, il hésita, puis entra. La jeune reine, allongée sur un lit devant une table basse, entourée de ses servantes et de ses esclaves affairées, achevait le repas du soir qu'elle prenait tardivement et solitaire. Elle considéra Arthur et fit signe à ses femmes de quitter la pièce. Le roi s'assit en face d'elle.

« Me reviens-tu pour me prendre ? dit-elle. Je m'y attendais. Tu as déserté ma couche la nuit de l'arrivée de Morgane à Carduel et, après un éloignement qui a duré tout l'été de sa présence, il n'est que logique que tu me visites la nuit de son départ en exil. Veux-tu faire de Guenièvre le baume d'une plaie d'amour taillée par Morgane ? C'est une offense à ma dignité ou à ma vanité de femme, mais je l'accepte. Car je suis là à jamais en reine à ton côté qu'elle, en exilée, a quitté pour toujours. Et cela me satisfait. J'ai seize ans. Elle, de deux ans ton aînée, en a trente-trois, et l'avenir est mien. Ainsi, prends-moi, prends-moi si tu le veux comme femme par désir ou comme remède par nécessité. Quant à moi, quel que soit mon ressentiment à ton égard, ne sachant si je t'aime, je sais que je te désire, car tu es l'homme le plus beau et le plus puissant d'Occident, et je ressens encore le plaisir que tu m'as donné à nos premiers jours. »

Elle se redressa et fit glisser à ses pieds la *stola* légère qui la couvrait. Sa longue chevelure d'or coulait le long d'un visage ravissant sur ses épaules et ses seins qui avaient la plénitude de la femme et la fermeté de l'adolescente, et le vacillement des lampes faisait sur son corps nu des jeux d'ombre avec les blancheurs lumineuses de sa peau. Arthur se leva. Il fit deux pas en arrière. Il lui dit :

« Pardonne-moi. »

Le visage de Guenièvre devint sombre. Elle ramassa son vêtement et s'en couvrit.

« Je ne t'aimerai donc pas, dit-elle. Car je sais que la vie n'est qu'affaire de troc, et je ne puis aimer qui ne m'aime pas. Je ne suis pas généreuse, et je partage avec Morgane au moins une vertu, ou un vice : ce qui compte avant tout à mes yeux est moi-même. Je me contenterai d'être la reine de Logres et de son empire. Je me contenterai de ton pouvoir, à défaut de ton amour. A moins que tu ne me répudies…

– J'ai fait à ton père Leodegan mourant dans les collines de Badon la promesse de veiller sur toi, et cette promesse m'est sacrée. En outre, quoi que tu en penses, je t'aime, assez pour ne pas te mentir, et notre étreinte ne serait pour moi qu'un désir et un plaisir mensongers, car je suis plein d'une autre femme. Tu ne peux me guérir, mais le remède est peut-être le temps. Laisse faire le temps.

– Je ne suis pas patiente, Seigneur. »

Arthur se dirigea vers la porte, l'ouvrit, se retourna. Il répéta :

« Pardonne-moi. »

Et il disparut. Guenièvre s'effondra sur le lit et se mit à pleurer avec amertume et colère.

Arthur sortit du palais, traversa la grande cour et rejoignit la porte de l'enceinte donnant sur la cité. Il ordonna aux gardes de lui ouvrir et prit une large voie pavée qui descendait droit vers le port. Arrivé dans la ville basse, il s'engagea dans des ruelles serpentant entre les échoppes adossées aux maisons des artisans et des marchands, les magasins, les entrepôts, les auberges et les tavernes, les cabanes des pêcheurs et celles des hommes de peine libres qui travaillaient au port de commerce, les ergastules des esclaves manutentionnaires et des condamnés aux galères, à la fois logement et prison, les corps de garde des cohortes urbaines. Il allait sans but, ne voulant qu'échapper à la pesanteur du palais et peut-être résoudre son angoisse dans le mouvement, quel qu'il fût. La première réaction des passants attardés qu'il croisait, honnêtes ou criminels, était de s'écarter devant ce géant armé, le prenant, selon leur industrie, pour un détrousseur nocturne ou un guerrier de la patrouille, mais tous, paisibles citoyens, voleurs ou assassins, le reconnaissant, s'inclinaient sur son passage et lui adressaient un salut et une bénédiction. Car tous, que ce fût avec amour ou terreur, l'idolâtraient. En passant devant la porte d'une longue bâtisse à étage, il entendit des chants, des cris et des rires. Il crut reconnaître une voix. Il ouvrit et pénétra dans une vaste salle basse, mi-taverne mi-lupanar, meublée de grandes tables où des clients de toutes origines, guerriers et négociants, nobles et plébéiens, marins et tueurs à gages, Bretons ou étrangers, se livraient à une orgie de breuvages et de femmes, les servantes fournissant à profusion le vin et leur chair prostituée, surveillées par un colosse qui, le glaive au côté, déambulait entre les tables, s'inclinait devant un riche, exigeait le paiement immédiat d'un pauvre, frappait une femme tentant de se soustraire aux fantaisies cruelles d'un débauché.

« Voilà le monde, Merlin, pensa Arthur. Le monde que ta loi tente de transformer, le monde où tout se force et se subit, s'achète et se vend, où tout plaisir et tout pouvoir du fort aux dépens du faible fondent la conscience d'être de l'un et l'envie d'être de l'autre mêlée à son désespoir de n'être pas. Un monde de violence, de domination et de soumission. Le monde ancien, non parce qu'il a disparu au profit du tien, mais parce qu'il a toujours été et sera toujours, même contraint par ta loi à une discrétion clandestine. Le monde triomphant dans les gestes de la canaille et enkysté dans l'âme secrète du juste. Et dans la mienne… »

Il s'avança. Quelqu'un cria :

« Le roi ! »

Tous se figèrent, et le silence se fit d'un coup. Un grand guerrier, à la fois svelte et puissant, très jeune, son visage avenant et rieur un peu contraint par l'embarras, se leva d'une table où il festoyait avec des prostituées et vint à la rencontre d'Arthur. Agé de seize ans, il était le fils de Loth d'Orcanie, mort un an auparavant dans les collines de Badon au cours de la grande bataille qui avait opposé les Bretons à l'envahisseur saxon et où il avait montré lui-même, pour son premier combat, une valeur et une bravoure si extraordinaires qu'elles lui avaient obtenu le siège de son père à la Table Ronde. Par sa mère Morcades, fille aînée d'Ygerne et demi-sœur d'Arthur, il était le neveu du roi. Il se nommait Gauvain.

« Seigneur, dit-il, que viens-tu faire ici ? Ne sais-tu pas que c'est le plus accueillant et le plus sordide lupanar de ton empire ?

– J'allais te poser la même question, dit Arthur. Je suis entré parce que j'ai reconnu ta voix, ou plutôt ton braiment. »

Gauvain se mit à rire.

« Je suis donc à ma juste place dans cette écurie. Tu

sais bien que mon âge est grand dévoreur de chair, de celle qu'on prend avec le ventre sans l'entremise de la bouche. Les belles dames de ta cour sont délicates et abruptes, hérissées d'obstacles bienséants, de détours rhétoriques, d'arrière-pensées matrimoniales. Elles se vendent aussi, mais elles sont beaucoup plus chères que les dames d'ici, abordables en général et au fond généreuses. Bref, la cour m'assomme et, dans cette basse-cour de la saine crapule où je me réfugie, il ne me manque qu'un seul être de l'autre. Cet être est toi, Seigneur. Mais puisque te voilà tombé par ma faute dans cette fange qui est un baume de l'âme administré par le bas, mon bonheur est complet. Et je n'ai même pas à te déclarer bienvenu, car le roi est partout chez lui. »

Arthur tourna le regard vers la table de Gauvain où étaient restées assises ses compagnes, réservées aux nobles et aux riches, les plus jeunes, les plus belles et les plus parées de l'établissement. Il eut un sursaut. L'une d'elles venait, dans un geste gracieux de la tête qui avait fait passer sur sa longue chevelure d'un noir profond le feu rapide d'une lampe, de le fixer de ses grands yeux verts. Et dans le geste, les cheveux et l'œil, plus que dans les traits pourtant délicieux qui n'étaient qu'une maladroite ébauche du modèle, il avait vu un reflet instantané, un écho fugitif, non pas une image mais une allure de Morgane. Et ce flou de songe aggravé par la pénombre avait plus de force que n'en aurait eu l'exactitude matérielle d'une ressemblance. Il s'avança vers elle. Elle le regardait avec crainte et adoration.

« Ne parle pas, lui dit-il. Ne prononce pas une parole. Conduis-moi à une chambre. »

Elle se leva et, sous le regard effaré des convives et celui, mi-perplexe mi-réjoui, de Gauvain, elle le précéda à l'étage jusqu'à un réduit sordide seulement meublé d'une couche. Il lui ôta sa tunique et la prit avec la férocité du désespoir, une conviction violente telle que, déjà bouleversée par la beauté et la qualité du roi, elle se laissa aller à la jouissance. Celle d'Arthur le dévasta, le renvoyant aussitôt à l'amertume et à la cruauté du réel. Il entoura la femme de ses bras avec douceur et la serra contre lui. Et il pleura comme il avait pleuré lorsqu'il avait revu Morgane au retour de son premier exil, après treize ans d'une absence dont il avait senti le poids de chaque instant. Il se calma et se détacha d'elle. Il prit à son poignet un lourd bracelet d'or serti de pierres précieuses et le lui donna. Elle le saisit, partagée entre l'émerveillement et l'incompréhension, avec une avidité apeurée, car cet objet pouvait acheter toute la ville basse. Il sortit du réduit et, suivi par la femme, redescendit dans la grande salle, se dirigeant vers la table de Gauvain. Le surveillant colossal, propriétaire des lieux, vit le bracelet au poignet de la femme et, avec un grondement de convoitise, il le lui arracha.

« Rends-lui cela, dit Arthur.

– Mais, Seigneur, tout ce que gagnent les prostituées me revient pour payer leur entretien et leur salaire. C'est la loi de ma maison.

– Crois-tu que la loi de ta maison puisse contredire la loi de Logres ? Crois-tu que la loi de Merlin et de la Table Ronde ne pénètre pas partout, même dans un lupanar ? La loi dit ceci : si ces femmes sont tes esclaves, tu n'as pas le droit de les prostituer. Si elles sont libres, elles te doivent une part seulement, la petite part, de leurs gains, pour le gîte et la nourriture. En outre, tu n'as le droit de les forcer à rien, car tu n'es que leur hôte, pas leur maître. Et cependant j'ai observé chez toi une conduite contraire en entrant ici. Tu es hors la loi. Je te chasse de ces lieux et je te bannis de Logres. Estime-toi heureux d'échapper aux galères. Gauvain !

– Oui, Seigneur ?

– As-tu de l'or ?

– Oui.

– Donne-le-moi. »

Gauvain mit entre les mains d'Arthur une poignée de pièces d'or et le roi les jeta vers l'homme autour duquel elles tombèrent en pluie bruyante.

« Ramasse cela. Rends à cette femme son bracelet et va-t'en. »

Le colosse avait dans l'œil une lueur meurtrière. Perdant toute conscience et tout contrôle, il tira son épée et se jeta vers Arthur qui, rompu à tous les aspects de tous les combats, sans dégainer la sienne, l'évita avec aisance et le frappa du poing à la tête. L'homme roula à terre. Il se releva péniblement, ramassa le bracelet et son glaive et dit à la femme :

« Tiens ! Reprends le présent du roi. Je ne te le dispute plus, car je sais que je suis un homme mort. »

Elle tendit la main. Mais lui, au lieu de lui donner le bracelet, brandit son arme. Gauvain, proche de lui, en un seul mouvement harmonieux de tout le corps, tira l'épée et le frappa au ras des épaules d'un coup de taille si puissant que la tête vola dans une bruine rouge, tomba sur une table où elle roula jusqu'à s'immobiliser, posée droite sur la plaie répandant autour d'elle une flaque de sang qui s'élargissait, tandis que les convives s'écartaient, les uns horrifiés, les autres, guerriers ou tueurs à gages, appréciateurs.

« Pouah ! dit Gauvain. Voilà une hure bien peu appétissante et pas assez cuite à mon goût ! »

Arthur se tourna vers la femme qui, malgré sa répugnance, avait arraché le bracelet aux doigts crispés du cadavre. Il la trouva belle, mais en elle toute trace de Morgane avait disparu, et il s'étonna de la puissance d'une illusion à présent enfuie. Il lui dit :

« Je te donne ces lieux. Observe la loi de Logres. Je sais que tu le feras, car tu as toi-même éprouvé la cruauté d'une loi contraire. Ramasse cet or. Si le mort a un héritier, tu le lui céderas en dédommagement. Sinon, partage-le avec tes compagnes. »

Elle s'approcha de lui et murmura :

« Te reverrai-je, Seigneur ?

– Peut-être. Pourquoi ? »

Elle hésita, comme épouvantée par sa propre audace.

« Parce que je t'aime, Seigneur.

– Je reviendrai. Avec l'illusion. »

Elle ne comprit pas. Arthur s'adressa au jeune noble qui avait montré vis-à-vis d'une prostituée les cruautés de sa débauche :

« Toi et tes compagnons irez jeter ce cadavre à la mer, car, même dans la mort, il est toujours frappé d'exil et ne doit pas être inhumé en terre de Logres. »

Ils pâlirent, mais s'inclinèrent sans dire un mot. Gauvain saisit par les cheveux la tête coupée et la leur lança.

« N'oubliez pas la hure ! Et faites furtivement, comme des assassins, en évitant la patrouille. »

Il suivit le roi qui franchissait la porte. Ils remontèrent lentement vers le palais. Arthur eut un rire sans joie.

« Beau commencement d'un pouvoir solitaire ! dit-il. La loi de Logres et la justice de la Table Ronde appliquées dans un lupanar... Merlin serait fier de moi.

– Il faut bien entamer la chose par un bout, dit Gauvain. Et souvent le plus bas est le plus indiqué. Du bordel à l'empire ! C'est une façon modeste et progressive qui a son charme et son mérite logique. »

Arthur sourit malgré lui.

« Y aurait-il une philosophie dans cette tête folle ? Une prise ou un principe permettant de la réformer ?

– Ce serait une rude tâche pour Merlin lui-même. Mon principe est unique et ma philosophie simple, Seigneur. Les sages, comme Merlin, Morgane ou toi-même, compliquent tout. Ils disent : quelle est la cause de la vie qui nous ferait comprendre la nature de la mort ? Ou bien : la dialectique de la vie et de la mort est-elle divine ou mécanique, et puisqu'elle est la grande loi, cause de toutes les lois, celles-ci sont-elles objet métaphysique ou marchandise de charlatan ? Moi, j'ai pris l'ataraxie de Zénon et d'Épicure non comme une finalité philosophique de toute l'existence, mais comme principe : si la vie et la mort me sont également indifférentes, tout devient simple. Et donc, tête sage, tête folle, qu'importe ? Tête folle vaut mieux, comme plus plaisante. J'ai saisi concrètement l'ataraxie à Badon et, devant le cadavre de mon père, j'ai juré de ne plus jamais prendre au sérieux la vie ni la mort.

– Et le pouvoir sur les êtres ? Permet-il l'indifférence ?

– Pourquoi, Seigneur, crois-tu que je t'ai donné

l'Orcanie, mon héritage, dont tu as fait une province de Logres ? Justement pour fuir la responsabilité du pouvoir. Mais je ne récuse pas pour autant ceux qui l'acceptent. Toi, par exemple, l'homme d'Occident qui la possède au plus haut degré, tu es l'être que j'aime et que j'admire le plus. C'est pourquoi je t'ai fait don de ma vie et de ma mort en espérant, vu le cas que j'en fais, que tu excuseras la modestie du cadeau. »

Arthur le regarda avec une affection un peu irritée. Il y eut un silence.

« Pourquoi, dit soudain Arthur, as-tu prononcé les mots "baume de l'âme" ? Es-tu toujours en deuil ou as-tu deviné le mien ?

– Je suis léger, mais pas plus stupide qu'il n'est nécessaire. Je sais que la perte de Merlin, et surtout de Morgane, le même jour, est un ravage de l'âme et des sens, l'absolu de la solitude et du manque.

– Oui. Merlin m'a laissé tout. Morgane, rien. Et ce poids du monde et du pouvoir est d'autant plus écrasant qu'il pèse sur un être creux, dans lequel la passion a fait le vide. »

Après un nouveau silence, Arthur reprit :

« Merlin m'a dit un jour de ne renier ni la Table ni Morgane. Est-ce possible sans me détruire moi-même ?

– Oui, Seigneur. C'est ce que tu as fait ce soir. Tu as couché avec cette putain aux cheveux noirs et aux yeux verts et tu as rendu la justice de la Table Ronde. Et tu vois, tu es encore vivant. »

« Depuis la mort du roi Loth à Badon, dit Arthur, l'Orcanie, devenue par le legs de Gauvain la seule *civitas* de Logres au nord du mur d'Hadrien, isolée et séparée de l'empire par une vaste région hostile, est victime d'incessantes expéditions de pillage menées par les Pictes des Hautes Terres. Loth, grâce à son alliance conclue avec Merlin et le roi Uther-Pendragon, mon père, grâce à son génie politique et militaire, et aussi à cause du fait que les Pictes, parce qu'il était le chef d'un royaume calédonien indépendant, le voyaient, sinon comme un des leurs, du moins comme un lointain parent, avait réussi à arrêter ces expéditions. Mais depuis que l'Orcanie est province bretonne et partie de Logres, les Pictes la considèrent comme terre étrangère non seulement à piller mais à conquérir. Et bien que nous entretenions là-bas une armée de quatre mille guerriers, ceux-ci ne peuvent surveiller tous les points de la frontière et de la côte, car les Pictes font leurs incursions tant par terre que par mer, dans tout le territoire, par petites bandes peu repérables qui frappent et disparaissent aussitôt. Aussi nul en Orcanie ne se sent-il à l'abri de leurs coups, et il y règne une insécurité permanente qui paralyse toute activité et entrave tout projet. Le jeune chef de guerre de la province, Yvain, fils de la sœur de Loth, cousin par le sang de Gauvain et mon neveu par alliance, est venu à Carduel demander le secours de l'armée royale. »

Arthur parlait à la Table Ronde, dans la plus grande salle de la forteresse de Camelot, située au centre de la *civitas* des Durotriges, à une journée de cheval au sud de Carduel. La Table, gigantesque, était cernée par cent cinquante sièges, autant qu'il y avait de membres avant la bataille de Badon. Mais à présent la plupart étaient vides. Vingt chefs seulement étaient revenus de ce terrible combat où cent trente avaient péri, et on n'avait pu en remplacer qu'un petit nombre, car beaucoup d'héritiers des morts n'étaient pas en âge de siéger, et les tuteurs nommés par le roi pour exercer le pouvoir à leur place dans les *civitates* n'avaient pas le droit de s'asseoir à la Table. Tous les anciens guerriers de l'époque d'Uther, membres de la première Table de Merlin, avaient été tués à Badon, dont les plus fameux étaient Loth et Leodegan des Brigantes, père de la reine Guenièvre. Et donc le plus âgé, à présent, n'avait que trente-cinq ans. C'était Kay, fils d'Auctor chez qui Arthur avait été placé les quinze premières années de sa vie par Merlin voulant se charger seul, à l'écart de la cour, de son éducation. Kay se disait frère de lait du roi parce qu'ils avaient eu, à deux ans de distance, la même nourrice. Et Arthur, en souvenir de son enfance, de l'affection d'Auctor et de ses jeux avec Kay, avait accueilli celui-ci, qui jamais sans cela n'aurait pu prétendre y siéger, à la Table Ronde. Kay était trapu et fort, presque aussi large que haut, de traits grossiers et débonnaires, de caractère jovial mais ombrageux à cause de la modestie de sa naissance. Peu habile au maniement des armes, ce pourquoi il était le seul des officiers d'Arthur à porter, outre la cotte de mailles réservée aux chefs de guerre, des plaques de fer et un casque, il était cependant un redoutable combattant, car il donnait des coups, de bûcheron plus que d'escrimeur, si puissants que rien ne pouvait les bloquer, sauf l'épée du roi. Au conseil de la Table, il se montrait rétif à toute invention de la loi, se bornant à en déceler, avec une certaine justesse, les inconvénients pratiques, aussi obtus devant le projet philosophique qu'apte à peser le seul rapport de force, la guerre se justifiant à ses yeux moins par le droit moral que par la certitude de la victoire. Toute son éthique se résumait à un dévouement absolu à Arthur, le seul être qu'il aimât.

Debout, à l'écart, en simple auditeur muet toléré, par la faveur du roi voulant le former à ses tâches futures, dans ce plus haut lieu de Logres interdit en principe à tous ceux qui n'y siégeaient pas, il y avait Mordred. Il allait avoir quatorze ans quelques mois plus tard, à l'aube du printemps 493, et pendant l'année et demie écoulée depuis son arrivée à Carduel, il s'était considérablement développé en taille et en force. Il avait montré une exceptionnelle aptitude au maniement de toutes les armes, spécialement de l'épée avec laquelle il pouvait déjà tenir tête à Gauvain dont la supériorité sur lui n'était due ni à l'adresse, la puissance, la rapidité ou l'endurance, mais à l'expérience. D'une intelligence très vive, bien qu'orientée vers la pure abstraction éthique et non mathématique, effet de la pédagogie sélective de Morgane, il se passionnait pour la loi de Logres, la pensée fondatrice de Merlin et de son héritier Arthur lors de l'institution des deux Tables, celle de Carduel en 461 et celle de Camelot en 478, en sachant tous les détails et se risquant parfois à en faire le commentaire devant Arthur, son seul interlocuteur, car devant les autres il se montrait discret, presque taciturne, ne se sentant avec Kay aucun lien d'aucune sorte, et scandalisé par la désinvolture de Gauvain dont les manifestations les plus extrêmes étaient à ses yeux suspectes d'amoralité, mais que cependant il ne pouvait s'empêcher d'aimer d'une affection perplexe. Il était davantage attiré par le caractère d'Yvain, qu'il rencontrait pour la première fois.

Celui-ci n'avait que dix-sept ans, l'âge de Guenièvre et de Gauvain, mais on le tenait déjà, en Orcanie et même à Logres, pour un administrateur sage, un chef droit et juste, un stratège avisé, digne continuateur de son oncle Loth dont il avait sans doute hérité, à l'inverse du descendant direct, les goûts et les aptitudes. Bien que très courageux et bon combattant, il était un guerrier inférieur à Gauvain qu'il surpassait largement dans le domaine de la tactique militaire. Il n'avait pas non plus la grâce de traits de Gauvain, que celui-ci tenait de sa mère Morcades, fille aînée de la plus belle femme d'Occident, Ygerne, dépassée seulement par sa seconde fille Morgane, mais son visage exprimant noblesse et bonté et sa courtoisie séduisaient davantage. Les deux cousins si différents auraient pu être rivaux ou même ennemis. Ils s'aimaient. Yvain ne prenait pas au sérieux comme Mordred l'esprit de dérision affiché de Gauvain, qui d'ailleurs l'amusait et qu'il choisissait de considérer comme le masque plus ou moins crédible d'une générosité profonde s'exprimant comme malgré lui dans ses actions. Gauvain admirait, sans tenter de les imiter, les qualités d'Yvain, et il lui était reconnaissant d'avoir pris sur ses épaules les responsabilités incombant à la maison de Loth, dont la seule idée le faisait périr d'ennui.

Yvain prit la parole à la suite d'Arthur :

« Les Pictes sont les plus féroces et les plus barbares de tous les Calédoniens. Ils sont extrêmement belliqueux, se battant parfois entre eux lorsqu'ils ne trouvent pas d'ennemi commun. Sans doute pour paraître plus effrayants à l'adversaire, ils se peignent le corps et le visage en bleu, à l'aide d'une teinture tirée des feuilles d'une plante que les Germains appellent guède et les Méditerranéens pastel. Ils n'ont pas de villes, et leurs habitations sont dispersées, fixes lorsqu'ils pratiquent l'agriculture, itinérantes lorsqu'ils suivent les chemins de leur bétail en liberté de pâturage en pâturage. Ils occupent deux régions distinctes des Hautes Terres : la côte occidentale et les vallées fertiles du nord-est. Nous n'aurons pas à les affronter tous, seulement les derniers, car les Pictes vivant sur le littoral de l'ouest ne font aucune expédition de pillage en Orcanie. Depuis plusieurs années, ils sont en guerre contre un envahisseur venu de la grande île appelée par les Romains Hibernia et par les Saxons Irlande. Ces intrus sont les Scots et ont fondé sur le rivage picte une colonie qu'ils ont nommée Dalriada. La guerre est acharnée et son issue incertaine. Nous ne devons pas y intervenir, sa durée nous étant favorable. Nous n'aurons pas non plus à craindre le renfort éventuel apporté à nos ennemis par les Calédoniens des Basses Terres, ceux de

Gorre, car, bien qu'apparentés aux Pictes qui, mélangés à eux, vivent en grand nombre sur leur sol, ils savent qu'au moindre geste hostile notre armée du Nord, massée le long du mur d'Hadrien dans la *civitas* des Brigantes, les envahira. Et depuis l'ancienne alliance d'Uther et de Leodegan conclue par Merlin, Gorre craint Logres plus que tout au monde. Notre seul adversaire sera donc les Pictes du nord-est, qu'il ne faut pas sous-estimer. Ils sont nombreux, très mobiles, fuient l'affrontement massif qui nous avantagerait, frappant et disparaissant sans relâche. Ils n'ont aucun code de la guerre et se battent par tous les moyens avec un acharnement plus grand encore que celui des Saxons. Il faut donc nous préparer à une guerre longue dans le temps et rapide dans l'espace, une guerre d'usure et de mouvement, où le nombre compte moins que l'endurance, la mobilité et une vigilance permanente qui met à rude épreuve l'esprit et les sens.

– Me fiant complètement à la sage exposition d'Yvain, dit Arthur, j'ai décidé ceci : je prendrai moi-même la tête du corps expéditionnaire formé seulement des six mille cavaliers de l'armée royale, laissant ici les huit mille hommes à pied et ne prélevant aucune troupe sur les garnisons des *civitates* ni sur l'armée du Nord. Je ne veux que des guerriers à cheval dans la mesure où nos mouvements doivent être rapides à cause de la dispersion et de la mobilité de l'ennemi. La cavalerie royale et l'armée permanente d'Orcanie constitueront une force de dix mille hommes, suffisante pour vaincre. Je serai secondé par Kay, Yvain, Gauvain et Mordred à présent assez entraîné pour affronter un adversaire réel, ainsi que par les chefs servant comme officiers dans ma cavalerie, au nombre de vingt. Chaque homme emportera deux montures. Nous voyagerons par mer, chemin plus bref et épargnant nos forces, sur cinquante trirèmes de combat, la moitié de la flotte de guerre de Logres ancrée à Carduel. Après notre débarquement, vingt-cinq galères resteront dans les eaux d'Orcanie pour assurer la défense de ses côtes contre les expéditions maritimes. Les vingt-cinq autres feront la liaison constante entre nous et Logres, puisque la campagne doit être longue, transportant les morts et les blessés dans un sens, et dans l'autre les troupes fraîches, les bêtes et les armes de rechange, le matériel et les vivres, car je ne veux pas appauvrir l'Orcanie par un lourd tribut de guerre. Nous partirons à la fin de l'hiver. »

« Parlez-moi des Saxons ! s'exclama Gauvain. Voilà des gens qui ont la politesse de ranger leurs troupes en bataille de sorte qu'on s'étripe en grand, à ciel ouvert, jusqu'à extermination de l'un par l'autre, ce qui a la commodité de vider la querelle d'un coup. Mais ces Pictes n'ont ni manières ni usages. Ils pratiquent l'escarmouche, tuent petitement, à la sauvette, et disparaissent dans leurs maudites Hautes Terres. Ce n'est pas une armée de guerriers qu'il faudrait ici, mais de paysans débusqueurs forçant ces rats dans leurs terriers. Une armée de Kays, en somme. C'est pitié de n'en avoir amené qu'un seul ! »

C'était le début du printemps 499, et on entrait dans la septième année de guerre. Une guerre étrange, presque sans combat, ce qui faisait que l'armée royale n'avait pu remporter aucune victoire décisive. Les attaques ponctuelles, instantanées, presque toujours nocturnes, de l'ennemi avaient, en six ans, coûté la vie à mille cavaliers, et les Pictes avaient laissé sur le terrain à peine plus que ce nombre. Tous leurs habitats fixes avaient été rasés, les vallées fertiles investies, les cultures et les réserves de produits agricoles saisies, les tours de défense en pierres sèches démolies, les non-combattants abandonnés par eux capturés et conduits à l'intérieur des frontières d'Orcanie. Mais leurs forces, pour l'essentiel, avaient échappé dans les landes hautes, peu accessibles, où elles trouvaient des cachettes innombrables, emmenant les femmes jeunes, les enfants et le bétail sur lequel elles subsistaient, faute de pouvoir désormais cultiver. Cependant un des buts de l'expédition avait été atteint : les incursions de pillage avaient complètement cessé, parce que les guerriers pictes étaient constamment traqués par la cavalerie royale, que la flotte d'Arthur, rattrapant et coulant aisément les barques de l'ennemi, protégeait efficacement les côtes, et que l'armée permanente d'Orcanie, ainsi soulagée, veillait le long de la frontière terrestre devenue infranchissable. La province avait donc pu retrouver une sécurité complète et une prospérité grandissante. Mais Arthur ne pouvait envisager de maintenir indéfiniment une pareille force militaire dans une province aussi modeste et reculée, et les membres de la Table restés à Camelot et Carduel avaient plusieurs fois réclamé son retour, notamment à cause d'événements graves survenus en Armorica gauloise, de l'autre côté de la mer, dans les provinces de Bénoïc et de Gaunes tenues par ses alliés les rois Ban et Bohort. D'autre part cette guerre larvée où l'attente inquiète et le guet prévalaient sur le combat, affrontement d'esprit plus que de corps, faisait dans l'armée une œuvre lente de démoralisation, et les querelles attisées par la tension se multipliaient parmi les guerriers et même les officiers, entre autres Kay et Gauvain constamment rappelés à l'ordre par le roi.

Au sarcasme de Gauvain, Kay répondit avec colère : « Est-ce parce que tu es né d'un croisement du nord et du sud, d'Orcanie et de Dumnonia, que tu es comme un chien égaré et hargneux ne sachant jamais sa place et sa conduite ? Tu oublies le respect que tu dois à ton aîné, au premier officier et au frère de lait du roi !

– Frère de lait ! s'exclama Gauvain en riant. Autant pour le roi nommer à la Table tous les veaux dont il aurait bu le lait de la mère !

– Cette fois je vais laver cette insulte lactée dans le sang ! s'écria Kay. Éloignons-nous et en garde ! Je fendrai en deux la coque vide qui te tient lieu de tête !

– Je ne suis pas une bûche subissant avec une immobilité patiente la longue attente de tes coups ! Et avant que tu aies trouvé le temps considérable qui t'est nécessaire pour en porter un seul, je t'aurai coupé en fines tranches, si toutefois ma lame peut se frayer un chemin à travers toute cette ferraille dont tu te plais à te décorer par coquette prudence !

– Kay et Gauvain, taisez-vous ! » dit Arthur.

A ce moment Mordred fit avancer son cheval vers le roi. Il venait d'avoir vingt ans et, tout en conservant dans l'âge adulte la souveraine beauté de visage de sa mère, il avait à présent la stature et la puissance d'Arthur et était devenu après lui le plus grand guerrier de Logres, supplantant même Gauvain qui cependant s'était fait une réputation d'invincibilité dans les engagements avec les Pictes.

« Seigneur, dit-il, au cours de ces six années de campagne, j'ai bien étudié le pays et repéré toutes les zones difficilement accessibles par la cavalerie où nécessairement les Pictes ont établi leurs retraites et où ils se replient après leurs coups de main contre nous. J'ai imaginé un plan qui consiste non à les combattre sur ce terrain qui leur est très favorable, mais à les amener en masse jusqu'à toi de telle sorte que tu puisses livrer contre eux une bataille décisive mettant fin à cette guerre.

– Et comment, lui dit Arthur, comptes-tu les persuader de commettre une pareille folie ?

– Je te demande de me faire confiance et de me donner mille cavaliers. Je te demande aussi d'aller m'attendre avec les autres le long de la frontière d'Orcanie pour avoir ainsi le renfort de son armée, car il est possible que je te ramène plus de Pictes encore que je ne puis l'imaginer. »

Arthur le considéra avec une curiosité bienveillante.

« Qu'en dites-vous ? demanda-t-il à ses officiers.

– Que Mordred expose son plan, dit Kay, et nous verrons s'il est praticable.

– Je ne puis le faire qu'une fois sur place, dit Mordred. Car si le bruit s'en répandait jusqu'aux Pictes, ceux-ci pourraient trouver un moyen de mettre ce plan en échec.

– Non seulement je fais entièrement confiance à Mordred, dit Gauvain, mais je veux en être. M'acceptes-tu ?

– Oui, Gauvain.

– Mordred est à la fois plein d'audace et de sagesse, dit Yvain. Je lui fais confiance, moi aussi.

– Et moi également, dit Arthur. Choisis tes cavaliers, Mordred, et va ! Je t'attendrai à la frontière. »

Six jours plus tard, Arthur se tenait solitaire sur une hauteur d'où il pouvait embrasser tout l'horizon sud, à une heure de cheval de la frontière où, suivant le conseil de Mordred, il avait établi sa cavalerie et les piétons de l'armée d'Orcanie. Inquiet, il guettait quelque signe du retour de l'expédition. Il vit s'approcher un cavalier qui allait à bride abattue. C'était Gauvain. Celui-ci aperçut au sommet de la colline, se détachant sur le bleu du ciel, la silhouette géante du roi monté sur son grand étalon de guerre, et infléchit sa route pour la rejoindre. Son cheval tremblait d'épuisement. Lui-même avait les traits tirés de fatigue, mais paraissait joyeux.

« Seigneur, dit-il, Mordred a eu là une superbe idée, qui a parfaitement réussi. Les hommes et les bêtes ont subi une rude épreuve, et en six jours nous n'avons pas dormi dix heures, mais nous revenons cinquante fois plus nombreux que nous n'étions au départ.

– Que veux-tu dire ?

– Regarde ! »

Le lointain méridional commençait à s'animer d'une sorte de remuement, et un manteau mouvant recouvrait peu à peu, sur une largeur de plusieurs milles, les vallonnements du sud.

« Près de cinquante mille têtes ! dit Gauvain avec un éclat de rire. Des vaches, des taureaux, des bœufs, des chèvres et des moutons. Tout le cheptel des Pictes ! Tu leur as supprimé le pain et le légume. Mordred leur a interdit le lait et la viande. Dur régime ! Aussi se sont-ils mis à nos trousses, tous les guerriers des Hautes Terres de l'est, vingt mille au moins, poussés par les criailleries de leurs ventres. Ils sont à pied, mais ils vont vite. Ils n'ont pas une demi-journée de retard sur nous.

– Nous nous battrons donc à un contre deux !

– Oui. Mordred a été bien au-delà de ses engagements, et je ne sais trop s'il faut s'en réjouir.

– Je vois le résultat de son plan, mais quelle en a été l'exécution ?

– Nous sommes d'abord allés au sud en suivant pacifiquement les vallées et en repérant soigneusement les accès et les sorties des hauteurs à investir. Après avoir atteint les limites de ces retraites, nous sommes revenus vers le nord au grand galop en nettoyant successivement toutes ces forteresses naturelles de leurs habitants à quatre pattes. Les Pictes nous ont facilité la tâche, parce qu'ils avaient partout réuni leur bétail pour le surveiller de sorte qu'il ne tombe pas entre nos mains en errant librement. A chacune de nos charges, ils se sont mis à l'abri avec leurs familles pour mieux nous résister, croyant à une véritable attaque. Et lorsqu'ils se sont aperçus que nous ne venions pas en guerriers mais en vulgaires larrons, il était trop tard. Au fil de notre progression vers le nord, les rangs de nos larcins se sont épaissis jusqu'à devenir le plus gros tas de viande jamais réuni en Occident. Ainsi, Seigneur, nous t'avons quitté soldats et nous te revenons vachers, bouviers, bergers et chevriers, et surtout voleurs. »

Arthur se mit à rire.

« Viens à présent, dit-il. Il faut ouvrir nos défenses pour mettre ce troupeau en sécurité au-delà de la frontière, derrière nos lignes. Et aussi nous préparer au combat, qui sera terrible.

– Oui, dit Gauvain. Boucherie me semble être le terme de circonstance. »

Il rejoignirent le campement de l'armée royale. Là, Gauvain fit ménager une brèche dans la défense frontalière, puis, après avoir changé son cheval à bout de forces contre une monture fraîche, il repartit à la rencontre de Mordred pour le guider vers le passage ouvert au bétail. Arthur, qui devait conduire lui-même les charges de la cavalerie, mit les troupes en ordre de bataille avec l'aide d'Yvain qui commanderait les guerriers d'Orcanie.

Trois heures après le retour du roi on vit s'avancer un immense troupeau cerné à l'arrière et sur les flancs par les cavaliers de Logres poussant de grands cris. Le bétail et les chevaux, couverts d'écume, titubaient d'épuisement, parvenant à grand-peine à maintenir un galop ralenti et trébuchant, dans un pêle-mêle de taureaux mugissants, de vaches furieuses lançant des coups de cornes sur tout ce qui les serrait de trop près, de bœufs effarés, de chèvres traçant une route anguleuse et brisée, de moutons courant en blocs compacts avec un entêtement grégaire. Les faces des guerriers étaient marquées par les veilles mais réjouies par la fin de cette longue course et le succès de l'entreprise. Seul Mordred ne montrait aucun signe de fatigue ni de joie, et son beau visage intact était aussi impénétrable qu'à l'ordinaire. Le troupeau s'engouffra dans la brèche qui se referma aussitôt derrière lui. Là, ne se sentant plus poursuivi et harcelé, il s'arrêta bientôt et se mit à paître l'herbe nouvelle et à boire aux ruisseaux, se séparant par espèces en se disséminant.

Mordred arrêta son cheval fumant devant Arthur.

« Seigneur, dit-il, nous n'avons pas perdu un homme. Les Pictes sont derrière nous, à une demi-journée de route, sans doute moins. Les cavaliers que j'avais laissés en arrière pour les observer m'ont dit qu'ils sont à peu près vingt mille. Je n'avais pas prévu un tel nombre. Vaincre est pour eux une question de vie ou de mort, et c'est pourquoi tous sont venus. Mais il n'en est pas de même pour nous, sauf si tu meurs dans la bataille, car une telle catastrophe ferait d'une défaite insignifiante la fin de la Table et de l'empire dont tu es l'âme irremplaçable. Personne ici, toi excepté, n'est indispensable à Logres. Aussi je te conjure de t'éloigner du combat, car tu ne peux mettre en balance ta fierté de guerrier ni ton amour pour tes soldats et le devenir du monde. »

Arthur le considéra pensivement, puis il sourit.

« Te souviens-tu, Mordred, lui dit-il, de notre premier échange ? L'idée pour l'être et l'idée pour elle-même... La Table et l'empire ne sont pas une idée abstraite. Elles sont l'homme de Logres, l'homme poussé à changer selon le rêve de Merlin, mais l'homme et rien d'autre. C'est-à-dire le mélange de l'idée, du sentiment, de la chair et du sang. L'idée séparée de la chair voudrait que je me mette à l'abri, selon ton désir. Mais la chair de Logres exige que je me batte à son côté, sous peine de ne plus comprendre l'idée et même de lui devenir hostile. Et si chair et idée sont ennemies, l'une doit tuer l'autre tôt ou tard. Et la survivante, nécessairement, meurt à son tour, car elles vivent l'une de l'autre. Alors quel est le plus grand danger ? Le risque de mourir si je me bats ou la certitude de mourir si je fuis ? »

Mordred montra à nouveau cette perplexité d'enfant qu'il avait au début de son séjour à Carduel, issue du double conflit entre le déni des lois du corps, du cœur et des sens inculqué par Morgane, incarnant elle-même ces lois à l'extrême, et leur défense par Merlin et Arthur, figures à ses yeux de la plus haute idéalité.

« Alors, dit-il, laisse-moi me battre à ton côté et

partager ton sort. Car si tu meurs, je n'ai plus aucune raison de vivre.

– Je suis touché par ton amour, Mordred, et peu importe que son objet soit ma personne réelle ou ce qu'elle représente. Mais je n'ai pas besoin de toi. Tes cavaliers ont besoin de toi. Et tu tiendras la place qui t'est affectée à leur tête. C'est un ordre. A présent, imite tes compagnons voleurs de bétail et va dormir. Je te réveillerai moi-même à l'arrivée de l'ennemi.

– Je ne sens aucune fatigue ni aucun désir de sommeil.

– Décidément, tu n'as pas de corps. De quoi es-tu fait ?

– De ton sang. Et plaise à Dieu que ce sang de Logres coule de mon corps que tu mets en doute et non du tien. »

Mordred tourna bride.

Sept heures s'écoulèrent. Alors on vit revenir au grand galop les guetteurs chargés par Arthur d'observer l'avance de l'ennemi. Et peu après les guerriers pictes arrivèrent en masses confuses et hurlantes, au pas de course, avec la hâte de tuer. Ils étaient nus jusqu'à mi-corps, bariolés de bleu sur le visage, le torse et les bras, pareils à des démons sortis des entrailles de leur terre de superstition et de légende, armés de boucliers de bois, de javelines pour le combat de loin, de piques, de massues ferrées et de couteaux de chasse pour le corps à corps. Ils foncèrent droit sur les cavaliers de Logres alignés qui, à un signe du roi, s'effacèrent sur les flancs, se divisant en deux groupes de trois mille hommes, l'un mené par Arthur et Kay, l'autre par Mordred et Gauvain, révélant à l'ennemi les défenses de terre et de bois derrière lesquelles attendaient les piétons de l'armée d'Orcanie commandés par Yvain. Les Pictes vinrent buter contre elles comme une vague déferlante explosant sur la muraille d'une jetée, menaçant de les déborder. Mais déjà les cavaliers, dont les deux groupes s'étaient rejoints derrière eux, les enveloppant dans un vaste demi-cercle, avaient chargé, obligeant les attaquants à se retourner pour se défendre. Avec la souplesse et la férocité de fauves, les Pictes sautaient à la tête des chevaux pour les effrayer, leur blessaient les naseaux avec leurs piques, tentaient de leur taillader le ventre avec leurs couteaux ou de leur briser le jarret ou le genou avec leurs massues, s'accrochaient aux jambes des cavaliers ou les ceinturaient pour les faire tomber. Les guerriers d'Orcanie repoussaient l'assaut pique contre pique, et leurs archers, un peu à l'écart, visaient dans la mêlée, tuant furtivement. Dès la première charge, les lances des cavaliers étaient restées presque toutes dans les corps et les boucliers des ennemis. Ceux-ci, lorsqu'ils n'étaient pas tués sur le coup, arrachaient les pointes de leur chair et brisaient les hampes sur leurs genoux, avec des rires de défi. Alors Arthur tira l'épée et, seulement suivi de Kay qui restait toujours à son côté dans les combats, s'enfonça dans les rangs compacts des guerriers pictes. Son arme, la plus belle de Logres, offerte par Merlin le jour de son avènement, s'opposait à tous les coups, se glissait dans chaque ouverture, faisait des figures si rapides que l'œil ne pouvait la suivre, et sa lame affilée coupait têtes et membres, perçait gorges et ventres avec une soudaineté imprévisible. L'épée de Kay, moins habile, moins rapide, mais presque aussi puissante, se levait et s'abattait avec une parfaite régularité, se satisfaisant de fendre les crânes. Un vide sanglant se faisait autour du roi, aussitôt comblé par un nouvel assaut. Le cheval de Kay, percé de coups, s'abattit, et pendant que son cavalier, qui avait roulé à terre, se remettait debout, une massue fit voler son casque et il s'écroula à nouveau, inanimé. Arthur sauta de sa monture et, faisant de son corps un bouclier à celui de Kay, le défendit avec une furie si désespérée que ses assaillants épouvantés reculèrent, lui laissant un répit. Mais, loin d'en profiter, il courut à eux. Gauvain qui, assez loin de là, avait taillé victorieusement des rangs entiers de Pictes à la tête de ses cavaliers, hurla à Mordred se battant à quelque distance :

« Je crois que le roi veut mourir ! »

Et tous deux lancèrent leurs chevaux, labourant un flot de Pictes qui se refermait sur Arthur. Arrivés auprès de lui, ils mirent pied à terre et le combat reprit, plus acharné encore, car l'ennemi, voyant ainsi isolés ceux qui étaient la tête, l'âme et la vaillance de Logres, pensant que leur mort signifierait la victoire, avait concentré autour d'eux le meilleur de ses forces. Et ceux qui s'affrontaient à la périphérie, cessant presque de se battre, regardaient, incrédules, les trois guerriers, les meilleurs de l'empire, comme invulnérables, desserrer les embrassements successifs de cette nuée meurtrière où ils faisaient de larges trouées. Cependant une ultime vague se formait, grossie des Pictes abandonnant leurs assauts infructueux contre la frontière, et menaçait de les submerger. Alors Yvain, à la tête de ses guerriers, attaqua à son tour, passant ses propres défenses, et, disposant ses soldats en fer de lance dont lui-même était la pointe pour mieux percer les rangs ennemis, il parvint à dégager le site où étaient Arthur, Mordred et Gauvain, se plaçant à leur côté, tandis que ses piétons, rejoignant de part et d'autre les cavaliers survivants qui s'étaient dégagés de la mêlée et avaient repris leur formation en demi-cercle, achevaient d'envelopper l'adversaire. Les Pictes se tassèrent au centre et il y eut une accalmie. Un silence absolu régna, remplaçant brusquement le tumulte de la bataille. Chacun, observant l'autre, se comptait en même temps. Arthur avait perdu deux mille hommes, le tiers de la cavalerie royale qui avait supporté, en terrain découvert, la plus grande fureur de l'assaut. Yvain, grâce à ses défenses et son génie tacticien, à peine cinq cents. Les Pictes laissaient sur le champ plus de douze mille guerriers, morts ou incapables de se battre. Et cela faisait que les forces restant en présence étaient à peu près égales en nombre, mais non en valeur, car si la disproportion des pertes se maintenait, les Pictes seraient rapidement exterminés.

Arthur s'avança vers eux, solitaire. Un grand guerrier picte, sur le corps duquel le bleu de la teinture et le rouge du sang se mélangeaient, vint à sa rencontre.

« Tu t'es bien battu, lui dit Arthur. Et tu peux sans déshonneur cesser un combat où tous, vous trouverez la mort.

– Nous ne sommes pas encore vaincus. Et puis, il vaut mieux mourir en guerrier que mourir de faim.

– Après ta mort de guerrier, d'autres, en grand nombre, femmes, enfants et vieillards, mourront de faim. Es-tu indifférent à leur sort ?

– Il est entre les mains non du vaincu et du mort, mais du vainqueur et du vivant. Si je vaincs et je vis, ils ne mourront pas. Sinon, c'est à toi de répondre à ta propre question.

– C'est juste. Voici ma réponse. »

Arthur fit un signe à Yvain qui le transmit à un de ses hommes restés sur les défenses. Et peu après celles-ci s'ouvrirent. Il en sortit un immense troupeau de bétail gardé par des Pictes âgés, hommes et femmes, et aussi des chariots dans lesquels s'entassait une grande quantité de vivres.

« Ce sont les non-combattants capturés depuis le début de la guerre, dit Arthur au chef picte. Ce sont vos troupeaux et les produits de vos récoltes. Ils reviennent à vos familles laissées dans vos repaires. Tu vois, personne ne mourra de faim. A présent, écoute-moi. Je veux que jamais plus toi et les tiens ne fassiez une seule expédition contre Logres. Si vous acceptez, vous pourrez repartir avec ceux-là et garder votre terre, et même vos armes. Si vous refusez, nous reprendrons le combat à outrance, jusqu'à votre complète extermination. Il n'y aura plus un seul guerrier dans les hauteurs de l'est. Et cette terre sans défense, si je n'en fais pas une province de l'empire, deviendra la proie de ses voisins avides, Gorre, Dalriada, ou même vos frères de l'ouest. »

Le Picte considéra Arthur avec un mélange d'étonnement et de respect. Soudain, il tourna le fer de sa pique vers le bas et la ficha en terre. Et peu à peu, tous les siens l'imitèrent. Il dit à Arthur :

« Moi vivant, rien ne troublera notre paix avec toi. Tu es un grand guerrier et un grand roi. Nul ne pourra jamais te vaincre. »

Peu après, les Pictes, transportant leurs morts et leurs blessés dans les chariots qu'Arthur leur avait fait donner, se joignirent au convoi qui disparut dans les collines du sud. Des Bretons mis hors de combat, deux mille étaient morts ou allaient mourir, quelques centaines devaient survivre à leurs blessures, et parmi ceux-ci il y avait Kay. Ces proportions attestaient la férocité de la bataille.

« Kay, brave Kay, dit Gauvain, tu es le seul qui soit resté auprès du roi pendant que nous tous allions comme des têtes débiles à nos propres affaires. Jamais plus je ne tournerai en dérision ton casque, cette valeureuse soupière renversée à laquelle tu dois la vie.

– C'est moins à cette soupière que je dois la vie, Gauvain, murmura Kay en riant faiblement, qu'au désir de te contrarier. »

Pendant qu'on enterrait les cadavres, Mordred vint trouver Arthur sous sa tente et lui dit :

« J'ai compris que l'âme de Logres se trouve renforcée même par ce néfaste argument qu'est la guerre et que l'homme est ainsi fait que la conviction de la foi passe par le geste, ce que je regrette, mais qui te donne raison. Et ainsi tu es à présent la Table plus que jamais, quel qu'ait été ton désir vrai pendant la bataille, désir de partage ou désir de mort. »

Arthur s'avança vers lui et le frappa à la face. Mordred tomba et se releva aussitôt. Le sang coulait de ses lèvres.

« Mon âme ne te concerne en rien, dit Arthur avec colère, qu'elle soit mienne ou à Morgane. Ton souci importun m'est une offense. Va-t'en ! »

Mordred s'inclina, saisit la main qui l'avait frappé et la baisa. Il sortit. Et Arthur navré s'effondra sur sa couche.

Quelques mois plus tard, après avoir réorganisé la province dans la paix et confirmé Yvain à sa tête, il s'embarqua pour Logres avec les survivants de sa cavalerie. L'expédition avait duré sept ans. Et passée cette longue diversion de la guerre, où la nécessité d'agir atténuait les obsessions de la pensée, Arthur retournait sans joie à Carduel et au plein de sa mélancolie.

La flotte de guerre revenant d'Orcanie entra dans le port de Carduel à la fin de l'année 499. Aussitôt arrivé au palais, Arthur alla visiter la reine Guenièvre, par devoir de courtoisie plus que par amour. Prévenue du retour de l'expédition, elle l'attendait, solitaire, dans son appartement privé. Elle avait alors vingt-quatre ans, et sa beauté s'était accrue d'une maturité si fascinante et sensuelle qu'Arthur ne put s'empêcher de la regarder avec désir.

« Il ne serait que justice, dit-il, que tu me refuses comme je t'ai refusée il y a huit ans. »

Mais elle, sans répondre, se dévêtit et l'entraîna sur sa couche. Là, le roi, étonné par l'audace de sa fantaisie lascive, sa liberté et son talent à la satisfaire, crut connaître une femme ignorée, une chair insoupçonnée se révélant soudain dans une délectable débauche, et il jouit d'elle avec une force qu'il n'aurait pu imaginer et qui le mit dans un état de langueur et de perplexité. Le plaisir de Guenièvre sembla égaler le sien.

« Est-ce que le temps a fait son œuvre ? demanda-t-elle. Le temps et la guerre ? »

Il ne répondit pas.

« Il l'a faite sur moi, continua-t-elle. Non qu'il m'ait apporté science ou sagesse, mais il a tué en moi toute enfance, et j'ai perdu assez d'illusions pour comprendre que je ne peux remplacer l'esprit le plus puissant, le plus fascinant de tout l'Occident, surtout quand il habite une telle chair. Mais la chair justement est double, à la fois personne et chose. Personne en ce qu'elle est identifiée par l'esprit comme la matière de son éloquence, donc la terre inspirée sur laquelle se fixe l'amour. Chose en ce qu'elle peut être le lieu d'un plaisir sans loi ni règle ni limite. Et toute chose se remplace. Incapable d'être un esprit, j'ai choisi d'être une chose pour t'atteindre et te persuader que mon corps peut remplacer celui de Morgane. Et à la nécessité s'ajoute le penchant, car j'aime la jouissance. La seule science qui me soit permise et m'attire est celle du plaisir. Je l'ai acquise. Non pas dans l'oubli de mon devoir de reine en conduisant tes sujets à te trahir sur ma couche, car ils t'ont juré fidélité et amour et tu les aimes en retour, et mon devoir de reine est davantage envers eux qu'envers toi qui ne m'aimes pas et donc ne peux exiger de moi aucun devoir de femme. Je l'ai acquise parmi mes esclaves mâles et femelles. Quels pédagogues plus indiqués que ces êtres-choses pour enseigner une telle science ? Je me suis livrée à eux dans ce qui pouvait apparaître comme la plus basse des débauches, mais qui était la soif de ma chair d'apprendre à conquérir la tienne. Et donc mon ambition s'est accrue au cours de ces huit années, car je ne me contente plus d'être seulement la reine comme je te l'ai dit autrefois, mais je veux être aussi ta putain. »

Arthur la contempla sans dire une parole. Il la prit à

nouveau avec un désir accru. Et ensuite elle s'affaissa dans ses bras, disant :

« Il m'est cruel de ne pas m'abandonner dans l'amour lorsqu'une jouissance aussi grande m'a été donnée par un être tel que toi. »

Arthur la serra contre lui. Puis il remit son vêtement et s'en alla. Guenièvre fixa la porte où il avait disparu avec un mélange d'espoir et de haine. Elle dit :

« Tu m'aimeras. »

Au milieu de l'année 500, Arthur, après avoir mené sur l'état des provinces de Grande-Bretagne une enquête longue et détaillée qui devait servir de base à leur réorganisation, se pencha sur les relations de Logres avec l'extérieur et décida de recevoir l'un après l'autre tous les ambassadeurs étrangers. Dans la liste que lui soumit un officier de la cour figurait une femme appelée Bonduca, messagère d'Avalon et de la reine Morgane. Arthur voulut lui parler sans attendre et elle fut aussitôt introduite. Elle avait à peu près quarante ans, une beauté grave et un air de sagesse mêlée à la mélancolie d'un être qui aurait connu très tôt la souffrance. Elle s'inclina devant Arthur et lui dit :

« La reine Morgane envoie au roi de Logres un message de paix et à son parent un message d'affection. Ma mission auprès de toi est double, Seigneur. Je dois d'abord te demander de conforter les échanges entre Logres et Avalon, qui ont débuté et prospéré pendant ton expédition contre les Pictes, par un traité de paix et d'alliance, ce qui n'a jamais été fait, car Avalon devait être une simple terre d'exil pour la reine Morgane. Grâce à son génie, elle l'a transformée en un état riche et puissant malgré son étroitesse, dont les excédents de biens ont favorisé un commerce fructueux avec l'extérieur, en particulier ton empire dont les navires marchands venus de Carduel, de Durnovaria et même du grand port fluvial de Londinium, l'ancienne capitale de Logres, se rendent de plus en plus fréquemment à Avalon pour le négoce. La manufacture d'Avalon et ses ateliers ont à présent une grande réputation dans tout l'Occident à cause de la perfection de leurs produits. Cette alliance est aussi nécessitée par la proximité d'un ennemi redoutable, non pour la sécurité de l'île même que la reine a rendue inexpugnable, mais pour celle de ses eaux, donc de ses pêcheries et de son commerce, et cela m'amène à la seconde partie de ma mission qui est de te faire un rapport sur les événements d'Armorica, parce que les relations qui t'en parviendront peuvent être déformées ou même mensongères selon les intérêts du rapporteur. Tu sais pouvoir te fier à celle de la reine Morgane car, outre son amour de la vérité quelle qu'elle soit, elle n'a pris aucun parti au début de la guerre et n'y est entrée trois années plus tard que pour se défendre. En 493, peu après le départ de ton expédition contre les Pictes, et sans doute en raison même de ton éloignement, Claudas de la Terre Déserte, souverain d'un royaume situé au sud de l'Armorica, a envahi Bénoïc et Gaunes, pays à la tête desquels tu avais placé tes alliés Ban et son frère Bohort après ta conquête. Cardeu, roi du troisième pays sous la tutelle de Logres, celui des Redones, est resté neutre, et ses guerriers ont cruellement manqué à Ban et Bohort dont les forces réunies étaient bien inférieures à celles de l'envahisseur. Mais ils se sont battus avec une telle vaillance que la progression de Claudas a été très lente. En 496, Bohort s'est réfugié avec les débris des deux armées dans l'extrême ouest de Gaunes, cerné par Claudas et adossé à l'océan. Ban a été assiégé avec quelques guerriers dans sa forteresse de Trèbes, sur la côte faisant face à l'île d'Avalon. Au sud de Trèbes, il y a une forêt appelée Bois en Val dont une superstition ancienne a fait un lieu sacré et maudit où nul ne pénètre. C'est là que Merlin a établi sa retraite. »

Arthur tressaillit.

« Merlin, murmura-t-il. C'est donc là que Merlin a décidé de vivre le reste de ses jours ?

– Oui, Seigneur. Et Viviane, fille de Cardeu des Redones, par amour pour Merlin, a construit avec ses fidèles un palais sur l'île d'un lac situé au milieu du Bois en Val, non loin de cette retraite que seule elle est admise à visiter. Elle se fait appeler la Dame du Lac. Avant que Trèbes ne fût investie et incendiée, et Ban tué en la défendant, Viviane est venue de nuit par la mer, en barque, au pied du rempart dominant l'eau, et les assiégés ont descendu jusqu'à elle au bout d'une corde, dans un panier, Lancelot, fils de Ban, âgé d'un an. Mais les guerriers de Claudas l'ont aperçue et lui ont interdit le retour par terre vers le Bois en Val. Elle a fait voile vers Avalon où elle et l'enfant ont été recueillis par la reine Morgane, geste qui a entraîné celle-ci dans la guerre. Car Claudas, voulant éliminer l'héritier légitime de Bénoïc pour s'épargner dans le futur toute sédition et toute revanche, a attaqué Avalon. Mais l'île, cernée d'un colossal rempart naturel granitique complété par la prévoyance de notre reine d'ouvrages défensifs imprenables, protégée par de terribles machines de guerre qu'elle a inventées, a repoussé tous ses assauts, et même lui a infligé une défaite écrasante où il a perdu huit galères de combat, une centaine de barques et plus de quatre mille guerriers. Nous, qui avions à lui opposer seulement six cents hommes et trois cents femmes en armes, n'avons eu que trente blessés, dont pas un n'est mort grâce aux soins et à la science médicale de la reine. Peu après, Viviane a regagné son palais du Lac, emmenant Lancelot. Claudas a été si affaibli par cette défaite que Bohort a pu lui résister encore durant quatre années. Mais au cours d'une ultime bataille, ce printemps, il a péri avec presque tous ses guerriers. Viviane, comme elle avait recueilli Lancelot, a recueilli aussi dans son palais du Lac les deux fils de Bohort, Lionel, âgé de quatre ans, et Bohort, qui n'a que quelques mois et à qui on a donné le nom de son père parce qu'il est né au moment où celui-ci a trouvé la mort. Lancelot et ses cousins sont éduqués par la Dame du Lac conseillée par Merlin dans cette retraite inviolable et inviolée, ignorée du conquérant. Claudas est donc depuis peu maître de trois royaumes, le sien et toutes les terres d'Armorica sauf celle de Cardeu avec qui il a conclu un traité le soustrayant à ton autorité pour le placer sous la sienne. Que tu décides ou non de faire la guerre à Claudas et de reprendre cette partie de ton empire, la reine Morgane te demande de garantir la sécurité des eaux et du commerce d'Avalon ainsi que celle des navires venant de tout l'Occident, et même de Constantinople, jusqu'à son port. Quant à l'île, elle est à l'abri de tout assaut, et d'ailleurs Claudas ne se risquera plus à essuyer une aussi terrible défaite.

– Bien que Morgane se soit déclarée très tôt ennemie

de la Table Ronde, dit Arthur, et ait défié la loi de Logres au point d'avoir été condamnée à un exil définitif par Merlin, dont elle est plus que moi encore l'élève chérie et l'héritière non de la pensée mais du savoir, je lui accorde bien volontiers protection et alliance. Quant à la guerre, j'aviserai. A présent, parle-moi de Morgane, de son corps et de son âme, de sa vie, de son île, de toi-même et de ses autres sujets. Dis-moi aussi ce que tu sais de Viviane et ce que la reine a appris par elle de l'existence de Merlin au Bois en Val. »

Et Arthur écouta avec avidité la chronique d'Avalon depuis son commencement, admirant le génie politique et scientifique de Morgane, perplexe devant l'illustration par ses actes de ce mélange en elle de tyrannie absolue et de sens du bien public, d'arbitraire et de justice, de responsabilité et d'indifférence, voire de cruauté, de spontanéité généreuse et de calcul impitoyable, ultime contradiction dont la manifestation la plus extrême avait été cette passion vraie qu'elle avait éprouvée pour lui et qu'elle avait dévoyée, sacrifiée à sa révolte et à sa haine de l'homme en même temps que son fils Mordred, conçu et élevé froidement, sans amour, comme un instrument, une arme contre Logres. Il comprit aussi, par expérience intime, l'ambiguïté des sentiments voués par ses sujets à Morgane, correspondant à celle de ses faits et gestes, sentiments d'adoration et de crainte, de désir charnel et d'amour mystique allant, après la victoire sur Claudas, jusqu'à la déification, la dévotion idolâtre et la terreur sacrée.

Bonduca parlait encore à la venue de la nuit, et Arthur l'invita à partager son repas du soir. Lorsqu'elle eut fini son récit, il lui dit :

« Tu parles de Morgane comme si elle était à la fois une déesse et une amante, avec une adoration religieuse et amoureuse. Est-ce la façon de tous ses sujets, ou joues-tu auprès d'elle un rôle particulier ?

– Tes mots sont justes, Seigneur, répondit Bonduca. Il s'agit bien d'une religion d'elle qui me fait l'adorer et d'un amour d'elle qui me fait la désirer. Une dévotion de l'âme et du corps. Et en cela je ne diffère pas de tous les gens d'Avalon. Car la reine Morgane, avec son esprit et sa chair, peut réduire à l'esclavage de l'obsession tout être doué de pensée et de vouloir, homme ou femme. Ma singularité est que je n'éprouve vis-à-vis d'elle aucune crainte, car elle m'a sauvée de la mort, et ma vie n'a de sens à mes propres yeux que dans la mesure où elle lui appartient. En outre, elle a fait de moi l'intendante d'Avalon, sa messagère, sa servante la plus proche et parfois la compagne de ses nuits. Et sur sa couche j'éprouve un plaisir et une passion d'amour que nulle parole ne saurait dire et nul être imaginer. »

Elle parlait d'une voix paisible, comme énonçant en même temps un mystère et une évidence. Et cependant son émotion intérieure était telle que les larmes coulaient sur ses joues. Arthur, pensif, la regardait avec affection.

« Je crois, dit-il, que moi, je le peux. »

Après un long silence, il poursuivit :

« Ne me laisse pas seul cette nuit. Continue à être auprès de moi la messagère de Morgane, non seulement de sa parole et de sa volonté, mais aussi de son geste et de son désir. Accepte de n'être pour un moment qu'un corps qu'elle et moi pouvons toucher malgré la distance, une passerelle dans ce vide qui m'épouvante, un baume passager atténuant la douleur, car l'absence de Morgane m'est une plaie que seules pourraient fermer les drogues de ses lèvres et de son ventre. Elle est une nuit splendide qui hante les miennes, chassant un sommeil désiré comme l'oubli dont peut-être tu m'apporteras quelques heures. Le veux-tu ?

– Oui, Seigneur. »

Le lendemain, après le départ de Bonduca, Arthur voulut continuer à recevoir les ambassadeurs de l'étranger. Il vit que parmi les nombreuses demandes d'audience figurait celle d'un envoyé de Claudas, et il décida de réunir au palais, avant cette entrevue, les membres de la Table présents à ce moment à Carduel, au nombre d'une trentaine, en séance extraordinaire permettant d'épargner le délai nécessaire à la convocation de ceux qui étaient au loin dans les provinces. Il y avait là, parmi les chefs civils et militaires, les seconds d'Arthur commandant l'armée royale, Kay, Gauvain et aussi Mordred, élevé à ce grade et intronisé à la Table dont il était le membre le plus jeune et le plus récent, en raison de sa conduite pendant la guerre contre les Pictes. Arthur, désirant entendre leur avis sur l'opportunité ou non d'organiser une expédition contre Claudas, leur répéta la relation de Bonduca, en omettant toutefois de leur parler de la retraite de Merlin et du palais de la Dame du Lac, donc de la cachette des héritiers de Ban et Bohort, se bornant à leur dire que lui-même les avait recueillis et mis en lieu sûr. Aussitôt après, Kay intervint le premier :

« La guerre ! dit-il. Cent fois la guerre ! Tu ne peux, Seigneur, te laisser spolier avec une pacifique endurance de ta conquête, toute l'Armorica, les trois royaumes tombés par force ou par faiblesse, force du loup Claudas, faiblesse du chien Cardeu, traître à ses alliés et à toi-même puisque, après leur avoir refusé tout secours, il s'est mis sous la tutelle du conquérant. Cela d'ailleurs ne m'étonne pas des Redones, troupeau hypocrite de race locale, ruminant avec aigreur son allégeance, qui n'a jamais beaucoup aimé le berger breton. Il n'y a à mes yeux qu'une seule question, celle de savoir quelle est la taille exacte de l'ennemi, de façon à envoyer en Armorica une armée sûre de le vaincre, tous les guerriers de Logres si nécessaire.

– Pour une fois, Seigneur, dit Gauvain, j'applaudis aux paroles de Kay, sauf peut-être à celle de "loup" dont il a décoré Claudas, plutôt selon moi serpent chichement couronné régnant sur la vase, méchante bête d'une méchante terre, la Déserte, la mal nommée si l'on songe qu'elle a pu accoucher d'une telle multitude venimeuse. Car combien de reptiles ont pu sortir de ces marais pour vaincre, même en sept ans, deux armées d'hommes commandées par des guerriers tels que Ban et Bohort ? Te souviens-tu de leur grande conduite à Badon ? Nul autre que toi-même ne surpassait Ban comme faucheur du pré saxon. C'est notre terre qu'ils défendaient alors, frères d'armes, frères aussi dans la paix. Et c'est pour venger leur mort et rétablir leurs fils dans leur héritage qu'il faut faire la guerre. Finissons l'ouvrage commencé par la splendide reine d'Avalon, la terrible et sage Morgane, et montrons-nous des parents dignes de cette Athéna qui a écrasé la multitude assaillante avec quelques frondes et une poignée de rustiques. Tu m'entends, Kay ? Neuf cents soldats d'occasion, hommes et femmes, et non tous les guerriers de Logres ! »

Les chefs se rangèrent à cet avis. Mordred prit le dernier la parole :

« Il y a plus important, Seigneur, que de reprendre une terre ou de venger une mort. Claudas est un spectre de l'ancien monde, et sa victoire signifie la défaite de celui de Merlin et de la Table, le recul de la loi et le retour du chaos. J'approuve moi aussi la guerre, mais ce n'est pas une guerre de conquête ou de revanche, ce n'est pas une guerre contre un homme, c'est la guerre du code contre la barbarie. Tous les Claudas doivent être convertis ou éradiqués, car leur terre, à l'inverse de ce que disait Gauvain, mérite son nom dans la mesure où elle est déserte d'esprit. Et si par cette semence de l'idée nous ne pouvons la rendre fertile, alors il nous faut en faire un désert vrai, c'est-à-dire un lieu où il n'y a plus rien, ni bien ni mal. »

Il y eut un silence. Puis Gauvain dit dans un rire :

« Courage, Mordred ! Éradiquons ! Éradiquons ! D'abord tous les animaux comme individus particulièrement imperméables à l'éthique. Ensuite l'espèce humaine comme rétive à la même éthique, ou tout au moins d'un irritant désordre d'esprit qui bouscule trop souvent la géométrie de ton code. Pas de meilleur remède à la barbarie relative que la barbarie absolue. Voilà qui laisserait la terre dans un état de propreté faisant honneur à tes talents de divine ménagère. Tu resterais évidemment un peu seul avec ton balai, mais la virginité universelle vaut bien un soupçon de mélancolie. Ah ! Merlin ! Où es-tu ? Pourquoi être allé mettre l'intelligence à la retraite dans je ne sais quel taillis en laissant ainsi le champ libre à une foi aveugle et imbécile ?

– Gauvain, dit Mordred en pâlissant, mon amour pour toi peine parfois à pardonner tes excès de dérision !

– Je t'aime aussi, joli prêtre. Ma dérision n'est que l'écho inverse de ta tragique gravité, le contrepoids de ta mystique pesante et l'eau tempérant ton incendie. Toute chose a invariablement plusieurs aspects, ce que tu sembles ignorer. Au fond, peu importe que toi et moi n'en cultivions qu'un seul dans une sorte d'équilibre de la caricature. Il suffit que le roi les considère tous. C'est après tout son métier.

– C'est le vôtre ! dit Arthur irrité. Si du moins vous avez la prétention de faire votre devoir de conseil, ce pour quoi vous avez l'honneur contraignant de siéger à la Table. A présent je vais vous dire ma propre opinion sur l'affaire d'Armorica. Je pense comme vous que la guerre est inévitable. Mais à mes yeux le problème n'est pas le rapport des forces, comme le disait Kay, mais le moment propice. Le choix est le suivant : ou faire la guerre maintenant et installer dans Bénoïc et Gaunes reconquis une régence jusqu'à ce que Lancelot, Lionel et Bohort soient en âge de régner, et par âge je n'entends pas celui du corps, mais de l'esprit qui devra être assez formé pour administrer selon la loi de Logres et la philosophie de Merlin. Ou bien attendre justement que cette maturité soit atteinte. C'est cela que je souhaite, pour plusieurs raisons. La première est qu'il y a eu un précédent. Le roi des Galles, grand-père de

Merlin, a recueilli Pendragon et Uther âgés de quatre et trois ans en l'année 426, après la mort de leur père Constant de Logres et la prise du pouvoir par son chef de guerre, l'usurpateur Vortigern. Et il n'a fait la guerre à celui-ci pour leur rendre leur héritage qu'en l'année 452. Pendant vingt-six ans, il les a éduqués dans l'unique souci de faire d'eux les ouvriers d'une grande idée, l'unité de tous les Bretons, dont le maître d'œuvre après lui devait être son propre héritier Merlin. Et on voit ce que cette idée, née dans le petit peuple des Demetae, est devenue. Cela m'inspire qu'il faut savoir perdre un peu de temps dans les commencements pour en gagner beaucoup ensuite, car le durable est l'enfant de la préméditation patiente, et l'éphémère celui de la hâte. La seconde raison est que nous sortons à peine de sept années d'une guerre éprouvante, sinon meurtrière. La troisième est que j'ai besoin de temps et de paix pour réorganiser l'empire, continuer l'œuvre interrompue et même en partie ruinée par l'expédition d'Orcanie. Il me faut une vingtaine d'années pour souder Logres avec la loi de la Table, et aussi pour former les héritiers d'Armorica à leur rôle d'architectes étendant cet édifice de l'autre côté de la mer. Pendant ce délai, je ne ferai avec Claudas ni alliance, ni guerre si je peux l'éviter.

– Vingt ans ! s'exclama Kay. Mais, Seigneur, sais-tu ce que va coûter au trésor royal le défaut du tribut d'Armorica pendant vingt ans ?

– C'est un faible prix pour quatre provinces.

– Quatre ?

– Oui. Non seulement je reprendrai à Claudas nos anciennes provinces de Gaunes, de Bénoïc et des Redones, mais je m'emparerai aussi de sa Terre Déserte.

– Une paix de vingt ans, dit Gauvain, fera ce que n'ont pu accomplir les Saxons et les Pictes : elle me tuera. D'ennui.

– Aussi t'ai-je réservé, dit Arthur en souriant, une tâche qui épargnera tes peines de législateur forcé et de comptable de la quiétude. Tu te rendras en Armorica dans un double dessein : entretenir la révolte en répandant partout que les héritiers légitimes de Bénoïc et de Gaunes sont vivants et en sécurité sous ma protection, préparant la reconquête, et brider cette révolte de sorte qu'elle n'éclate pas prématurément, sans le secours de l'armée royale, ce qui la vouerait à un inéluctable échec. Adresse-toi de préférence aux jeunes hommes qui, lorsque nous agirons, seront encore en âge de se battre aux côtés de leurs fils qu'ils auront élevés dans un esprit de sédition et dans la perspective de la délivrance. Tu reviendras régulièrement à Carduel me rendre compte et séjourner au palais, car ta présence, qu'elle soit utile ou inutile au gré de la guerre ou de la paix, est indispensable au roi, parce qu'il t'aime. »

Gauvain remercia Arthur et se rangea à son avis. Bientôt tous, y compris Kay, l'imitèrent.

Le même jour, Arthur reçut l'ambassadeur de Claudas, qui lui dit :

« Le roi d'Armorica envoie au roi de Logres un message de paix et d'alliance. Jamais il n'a été son ennemi et n'a cherché à lui nuire. Mais Ban de Bénoïc et Bohort de Gaunes, à cause de leurs incessantes provocations, de leurs incursions de pillage en Terre Déserte, du renforcement de leurs armées dans un évident dessein de conquête, ont forcé le roi Claudas à marcher contre eux pour prévenir l'envahissement de sa terre. Il l'a fait la mort dans l'âme, d'abord parce qu'il aime par-dessus tout la paix, ensuite parce que, même contraint à la guerre par l'intraitable cupidité des rois d'Armorica, il ne voulait porter aucun préjudice à Logres. A présent le mal est accompli, sans qu'il en soit en rien responsable. Ban et Bohort ont péri au combat et leurs héritiers dans l'incendie de leurs places fortes, et cette guerre détestable a presque ruiné la Terre Déserte qui doit faire payer à Bénoïc et Gaunes son préjudice par l'occupation et l'impôt. Le sage Cardeu des Redones était si persuadé du bon droit du roi Claudas qu'il a refusé d'appuyer la mauvaise cause de ses alliés et a accepté la paix et l'amitié de leur vainqueur. Pourquoi, Roi Arthur, ne l'imiterais-tu pas ? Pour te prouver son affection et sa bonne foi, le roi d'Armorica offre de te verser un tribut égal à celui dû par Ban et Bohort à Logres, de sorte que tu n'aies pas à subir les conséquences de cette guerre voulue ni par toi ni par lui, mais par des roitelets pillards qui, en tâchant de grandir à ses dépens, voyaient sans doute là le moyen d'échapper à ta tutelle. Ce tribut, volontaire et non forcé par la soumission, pourrait sceller l'alliance de Logres et de l'Armorica. »

Arthur le fixa un long moment avec, sous le masque pensif d'une réflexion en train d'évaluer son discours et d'en chercher la réponse, un mélange de colère froide et d'ironie.

« Voici, dit-il enfin, non pas ma proposition offrant matière à tractation, mais ma volonté absolue et indiscutable. Je refuse l'alliance et l'amitié de Claudas, car je mets en doute sa bonne foi dans la guerre déclarée à mes alliés comme dans la paix qu'il me propose. Ce qui est indubitable, c'est qu'il occupe à présent une vaste province de Logres dont, s'il était sincère, sa propre terre n'étant plus en danger, si elle le fut jamais, il devrait se retirer, la laissant légitimement entre mes mains. Je refuse par conséquent son tribut. J'accepte cependant de ne pas lui faire la guerre à trois conditions impératives. La première est que si un descendant direct de Ban ou de Bohort se manifeste et prouve la légitimité de sa filiation et de son héritage, Claudas devra lui restituer sa terre. La seconde est que la province de Cardeu des Redones doit rester sous la tutelle de Logres et continuer à lui verser tribut, ce qui supprime toute allégeance, matérielle ou morale, de Cardeu envers Claudas. La troisième est que Claudas doit renoncer à toute menée hostile à la reine Morgane, non seulement contre son île d'Avalon, et de cela je crois qu'il est déjà persuadé après la cuisante défaite qu'il a subie devant ses murs, mais aussi contre ses eaux et la liberté de sa pêche, de son commerce et en général de toutes ses relations extérieures. S'il refuse ces engagements, ou s'il les rompt si peu que ce soit, je lui ferai immédiatement la guerre. S'il touche à un cheveu de la reine Morgane, je lui ferai la guerre à outrance, ce qui veut dire que de lui, de ses guerriers, de ses alliés et de ses serviteurs, je ne laisserai pas un survivant. »

Après avoir conclu avec ses voisins des traités qui assuraient pour longtemps la sécurité des frontières, Arthur consacra aussitôt tous ses jours à achever la construction de l'empire, commencée par Uther et poursuivie par lui-même dans la première partie de son règne, tous deux conseillés par Merlin qui en avait conçu l'esprit et la méthode. Il fit cela en établissant définitivement la loi et l'administration chargée de la faire appliquer à tous, du roi lui-même à l'esclave, et partout, depuis Carduel jusqu'aux lieux les plus reculés de Logres.

L'empire était divisé en vingt-deux provinces, dix-neuf en Grande Bretagne où elles avaient gardé le nom romain de *civitates*, trois en Armorica où on les appelait royaumes parce qu'elles étaient dirigées, avant l'invasion de Claudas, par des princes locaux à la fois sujets et alliés. Tout en les maintenant comme unités territoriales de base, Arthur les regroupa en cinq *regiones* de Grande Bretagne, le Nord, l'Est, le Sud, l'Ouest et le Centre, la sixième étant l'Armorica qui ne comptait plus alors qu'un seul royaume et dont il repoussa l'organisation à la reconquête. Le Nord comprenait deux *civitates*, celle d'Orcanie, la plus petite à l'origine, agrandie par

Loth, et celle des Brigantes, l'ancien royaume de Leodegan, la plus étendue, situées de part et d'autre d'un vaste territoire calédonien alors en paix avec Logres mais en principe hostile, Gorre, les Hautes Terres des Pictes et Dalriada, la colonie des Scots. L'Est, cinq, celles des Parisii, des Coritani, des Iceni, des Trinovantes et la cité de Londinium, ancienne capitale de Logres, assez peuplée et puissante pour constituer à elle seule une *civitas*. Le Sud, cinq, celles des Cantiaci, des Regnenses, des Belgae, des Durotriges et des Dumnonii. L'Ouest, ou les Galles, données autrefois à Uther par Merlin, trois, celles des Ordovices, des Demetae et des Silures. Le Centre, quatre, celles des Cornovii, des Dobunni, des Atrebates et des Catuvellauni.

Arthur réorganisa la force militaire de l'empire. Il porta à seize mille hommes recrutés dans toutes les provinces, huit mille cavaliers et huit mille piétons, le nombre des guerriers de l'armée royale, cantonnée autour de Camelot, la forteresse des Durotriges où il avait établi la deuxième Table Ronde. Il réduisit le nombre de ses officiers à seize, un pour mille guerriers, proportion qu'il appliqua à toutes les forces de Logres, chacun ayant sous ses ordres dix chefs de centurie. Ces officiers étaient sous son commandement direct et celui de ses seconds, Kay, Gauvain, Mordred et Yvain qu'il rappela à Carduel et qui devint membre de la Table. Il maintint les effectifs de l'armée d'Orcanie à quatre mille guerriers et nomma, pour remplacer l'autorité unique d'Yvain, quatre officiers. Il affecta à l'armée du Nord, cantonnée en partie face à Gorre le long du mur d'Hadrien, en partie à Isurium, capitale des Brigantes, trois mille guerriers supplémentaires, ce qui en fit la deuxième force de l'empire, comptant treize mille hommes et treize officiers. Et ainsi les frontières de la *regio* du Nord furent-elles à l'abri de toute invasion. A chacune des dix-sept autres *civitates*, dont la position géographique ne justifiait pas un tel dispositif militaire, il donna mille guerriers commandés par un officier. Ces garnisons étaient cantonnées dans les capitales provinciales, y compris Carduel qui était à la fois capitale de l'empire et capitale de la *civitas* des Silures. Une garnison comprenait cinq cents cavaliers chargés de faire respecter l'ordre et la sécurité dans toute la province, et cinq cents piétons constituant la cohorte urbaine. Les quatre officiers de l'armée d'Orcanie, les treize officiers de l'armée du Nord et les dix-sept officiers des garnisons étaient inspectés deux fois l'an par des officiers centraux appartenant tous à l'armée royale. Les forces de l'empire, auxquelles s'ajouteraient plus tard celles d'Armorica, totalisaient donc cinquante mille guerriers. Arthur disposait aussi d'une puissante flotte de guerre, cent galères de combat, des trirèmes rapides, longues de deux cents pieds, capables de transporter en tout vingt mille guerriers, leurs équipements et leurs montures.

Ce qui prit au roi le plus de temps et de soins fut l'organisation de l'administration civile. Il divisa celle-ci en deux domaines généraux, celui de la justice et celui de l'intendance. La justice comprenait trois départements : le tribunal royal, chargé de l'application de la loi, des pénalités et du règlement des conflits civils ; le secours royal, chargé des miséreux et des malades ; l'école royale, chargée de l'instruction de ceux qui ne pouvaient faire les frais d'un précepteur privé. Ainsi Arthur appliqua-t-il dans les faits l'idée de justice formulée par Merlin, qui ne se réduisait pas à l'observance de la loi, mais s'étendait à la solidarité et au progrès des consciences et du savoir. L'intendance comprenait quatre départements : les comptes et taxes, ou le trésor royal ; les voies et eaux, département calqué sur le *viarum aquarumque curatio* des Romains ; l'activité publique, contrôlant les édifices, les fournitures et les vivres militaires et civils, l'armurerie et la construction navale militaire, le commerce public intérieur et extérieur ; l'activité privée, surveillant l'agriculture, l'industrie, l'artisanat et le commerce des particuliers. Chacune des dix-neuf *civitates* avait deux officiers civils provinciaux, un officier de justice et un officier d'intendance, avec sous leurs ordres un assesseur par département, lui-même assisté d'un certain nombre d'agents subalternes. Les officiers civils centraux, résidant à Carduel, étaient au nombre de cinquante-quatre, vingt-sept pour la justice, autant pour l'intendance. Chacun des deux domaines comprenait trois conseillers du roi pour tout l'empire, cinq officiers en charge des *regiones* et dix-neuf officiers en charge des *civitates*. Ces derniers inspectaient les officiers civils provinciaux deux fois l'an, étudiaient leurs rapports, enquêtaient, faisaient eux-mêmes un rapport harmonieux ou contradictoire, examinaient les cas qui n'avaient pu être résolus à l'échelon régional et, s'ils ne pouvaient eux-mêmes trancher, transmettaient aux officiers des *regiones*. Ceux-ci étudiaient tous les rapports civils concernant les provinces de leur *regio* et en faisaient la synthèse, se chargeant de porter les questions et les litiges en suspens devant la Table Ronde et le roi lui-même.

Arthur reconstitua la Table de cent cinquante sièges dont le tiers seulement était occupé par les vingt survivants de la bataille de Badon réduits à dix-huit par la mort de Ban et Bohort, et par une trentaine d'héritiers des chefs morts en âge d'être élus. Et après cette reconstitution, elle compta les membres suivants : Arthur, roi de Logres, chef de la Table et de l'empire ; ses seconds Kay, Gauvain, Mordred et Yvain ; les seize officiers de l'armée royale ; les treize officiers de l'armée du Nord ; les quatre officiers de l'armée d'Orcanie ; les dix-sept officiers des garnisons des provinces ; les cinquante-quatre officiers civils centraux ; les trente-huit officiers civils provinciaux. Cela faisait cent quarante-sept membres, Arthur réservant les trois derniers sièges aux futurs rois d'Armorica Lancelot, Lionel et Bohort. Il institua deux séances ordinaires par an, réunissant tous les membres, pour prendre des décisions législatives, régler toutes les affaires qui n'avaient pu l'être par l'administration provinciale, puis centrale, écouter tous les rapports, du plus local, celui des officiers provinciaux, jusqu'au plus général, concernant tout l'empire, celui des conseillers du roi, en passant par celui des officiers centraux, critiquer ces rapports, statuer sur leurs contradictions, blâmer, approuver ou louer la gestion des officiers à tous les niveaux. Arthur prévit aussi des séances extraordinaires restreintes, en cas de menace de guerre ou de troubles graves, rassemblant seulement les membres résidant à Carduel ou dans les provinces voisines des Silures, Demetae, Dobunni, Belgae, Durotriges et Dumnonii. La sanction du crime de corruption était sévère pour les agents subalternes de l'administration royale : déchéance et peine de prison, de galères ou d'esclavage proportionnée à la faute. Elle était terrible pour les officiers membres de la Table : déchéance, confiscation de tous les biens et peine de galères à vie. Car la corruption d'un membre souillait la Table entière, la rendait suspecte aux yeux des peuples, suspicion qui ne pouvait que s'alimenter de toute mansuétude vis-à-vis du coupable, et qui n'était éteinte que par la dureté du châtiment.

Arthur dut imposer certaines lois contre l'avis de la majorité des membres. Ainsi, lorsqu'il obligea les propriétaires du sol n'étant pas eux-mêmes agriculteurs à louer celui-ci à des paysans libres et à se contenter de la petite part de ses revenus, il s'attira l'hostilité de nombreux chefs siégeant à la Table parce que, comme ils possédaient d'immenses terres exploitées par leurs esclaves, dont ils retiraient la totalité des bénéfices, l'opération se soldait pour eux par une perte, et au contraire un gain pour une multitude. A l'inverse, résignés à l'application de cette nouvelle loi agraire, ils acceptèrent volontiers la fixation de la valeur des denrées nécessaires à la vie, de façon à éviter la ruine des paysans en cas de pléthore et la spéculation en cas de rareté. Et pour remédier à la famine dans les années de mauvaises récoltes, ils constituèrent d'importantes réserves royales de grain acheté et revendu par les officiers d'intendance au même prix, fixé par la loi. Au début, beaucoup acceptèrent avec peine le fait que siéger à la Table apportait plus de devoirs que de privilèges, mais dans l'ensemble ils travaillèrent à servir le projet de Merlin, soit par orgueil, parce que la renommée de leur assemblée était immense dans tout l'Occident, et que le moindre membre de la Table de Logres avait un prestige dépassant celui de n'importe quel souverain étranger, soit par amour ou crainte du roi dont chacun reconnaissait la sagesse et l'autorité, soit par sincère conviction.

Ainsi Arthur, dans la construction concrète du monde de la Table avec le matériau de la loi, exprimait-il, par ce mélange de pouvoir consensuel et de pouvoir absolu, de liberté et de contrainte, d'égalité et de hiérarchie, d'initiative et de contrôle multiple, de fraternité et de terreur, une conception de l'homme tiraillée entre celle de Merlin qui le voulait libre, solidaire et intelligent, et celle de Morgane qui le voyait à jamais esclave, prédateur et stupide. Il fondait dans l'harmonie de la chair et de l'idée qu'il avait exposée à Mordred la raison de la Table, et il constatait dans la chair, dans l'idée, et entre elles, un multiple conflit d'amour et de férocité. Mais il agissait.

Et ce fut la première paix d'Arthur.

Un cavalier solitaire allait au pas fourbu de sa monture sur une large route forestière, en partie mangée par la végétation qui l'ensevelissait lentement, mais encore bien visible, ménagée entre les rangs serrés des arbres de Brocéliande. Il l'avait suivie pendant plusieurs heures au grand galop et à présent son cheval épuisé, couvert d'écume, n'avançait plus qu'avec effort. Au-dessus d'eux, les panaches vert sombre de l'été finissant se rejoignaient, formant un dôme de feuillage épais et ombreux que les rayons obliques du crépuscule ne parvenaient plus à percer, et alors que sur l'immense forêt le ciel s'illuminait des gloires sanglantes du couchant, sous cette voûte une nuit prématurée gagnait peu à peu.

Enfin la route déboucha sur un vaste dégagement à peu près circulaire. A cinq cents pieds de la ligne des arbres, un fossé, alimenté par une rivière dont les eaux courantes luttaient contre l'envahissement des herbes et des plantes, cernait une levée de terre à la fois encombrée et affermie par une végétation profuse qui, à son sommet, masquait à demi une palissade de bois pourrissante, rongée par l'humidité et les pariétaires. Dans le prolongement de la route forestière, au-delà d'un ponceau enjambant le fossé, un portail massif à deux battants, intact, seule voie d'accès à l'intérieur du domaine, coupait l'enceinte. Il était fermé. Le cavalier arrêta sa monture sur le ponceau.

« Ne bouge plus ! cria une voix venue de derrière la palissade. Un archer te vise. Nomme-toi !

– Je suis Gauvain, fils du roi Loth d'Orcanie et de la princesse Morcades de Logres, neveu du roi Arthur et membre de la Table Ronde. Pour résumer.

– Entre, Seigneur. Nous t'attendions. »

Le portail s'ouvrit et Gauvain pénétra dans le Val sans Retour, domaine de Morgane lors de son premier exil en Armorica, abandonné par elle et tous ses sujets neuf années auparavant, lors de son installation définitive dans l'île d'Avalon, laissé désert par son premier possesseur, le roi Ban de Bénoïc engagé dans une guerre mobilisant toutes ses pensées et ses forces, ignoré par le conquérant Claudas parce que enfoui au cœur de la grande forêt de Brocéliande, et donc livré pendant près d'une décennie au caprice d'un autre conquérant, la nature, regagnant avec une patience obstinée l'espace perdu. A l'intérieur, le spectacle de cette irrésistible reconquête se poursuivait. Les champs de culture, les prairies d'élevage, les vergers et les vignes s'estompaient sous une marée d'arbrisseaux, de buissons, de fougères et de graminées sauvages se croisant au-dessus des canaux d'irrigation qu'ils masquaient, mais où cependant, comme dans le fossé, l'eau détournée de la rivière continuait à circuler avec un murmure révélant à l'oreille ce que l'œil ne pouvait plus percevoir. Seuls le palais de Morgane, la ferme et quelques pièces de terre voisines paraissaient en bon état, révélant par cet entretien une occupation limitée du domaine.

Gauvain sauta de cheval, jeta les rênes à un garde et en suivit un autre jusqu'à la grande salle du palais. Là, une troupe d'hommes, une centaine ou un peu plus, s'était rassemblée, anciens guerriers de Ban et de Bohort échappés à l'ultime massacre six mois auparavant, réfugiés au Val sans Retour pour se soustraire à l'autorité haïe de Claudas, subsistant de rapines, de quelques produits de la terre et aussi de vivres apportés par des paysans établis aux lisières occidentales de Brocéliande, restés fidèles à la mémoire des rois morts.

« Je ne m'attendais pas, dit joyeusement Gauvain, à trouver à demeure tant de souris dans ce trou ou de lièvres dans ce gîte. Quelle sorte de résistance timide et passive faites-vous donc ici ? Celle de ces bestioles trembleuses, sans doute, consistant en expéditions furtives dans les potagers du conquérant, dans l'espoir que ses mécomptes de légumes le pousseront à la retraite.

– Nous nous sommes battus sept années durant, Seigneur, dit un homme avec une colère contenue par le respect, et personne, pas même toi, n'a le droit de mettre en doute notre courage. Nous restons à peine mille survivants des armées de Ban et de Bohort, la plupart rentrés chez eux, résignés à subir le joug de l'occupant, et nous ici, non pas terrés, mais libres. Que veux-tu que nous fassions à mille contre les multitudes de Claudas, que nous n'avons pu vaincre quand nous étions dix fois ce que nous sommes ? Il aurait été opportun de nous envoyer alors dix mille guerriers de Logres pour nous secourir, au lieu d'un seul à présent pour nous insulter.

– Je vois que je ne suis guère doué pour l'ambassade, dit Gauvain, et que mon désir, non de vous humilier mais de vous stimuler, a manqué son effet. Mais je vais m'appliquer, et pour te montrer mon bon vouloir et mon repentir, au lieu de te trancher la tête, je vais te répondre. »

Et il leur exposa le plan d'Arthur. Ils trouvèrent long le délai exigé par l'éducation des héritiers légitimes Lancelot, Lionel et Bohort. Mais ils étaient tous jeunes et, voyant que le moment venu ils pourraient encore se battre à la tête de leurs partisans, ils acceptèrent.

« Ne restez pas ici, ajouta Gauvain. Rentrez chez vous comme l'ont fait vos compagnons et, avec eux, travaillez à établir partout la révolte dans les esprits, et non pas dans les actes, car Claudas doit peu à peu s'endormir dans une trompeuse quiétude. Et quand l'armée royale passera la mer, pris de court, il sera obligé de recruter des guerriers à la hâte, non seulement en Terre Déserte, mais à Bénoïc et à Gaunes. Portez-vous alors volontaires en masse. Il vous équipera. Et lorsque les deux armées seront en présence, vous vous joindrez aux troupes de Logres, ce qui démoralisera ses fidèles. Je viendrai ici chaque année, à la même époque, prendre de vos nouvelles. »

Deux jours plus tard, Gauvain se trouvait sur la côte de Bénoïc, non loin des ruines calcinées de la forteresse de Trèbes, où le roi Ban avait péri quatre années auparavant. Au nord, loin sur la mer, les hautes falaises granitiques d'Avalon, pareilles à un colossal rempart bâti par des dieux ou des titans, émergeaient du flot, capables de repousser les plus violents assauts de la vague ou de l'homme contre la terre inviolable de Morgane.

« J'irais volontiers faire une visite de courtoisie à ma belle parente, murmura Gauvain avec un sourire, mais il paraît qu'elle déteste l'aimable impromptu en ces matières, et je ne suis pas sûr qu'elle pratique l'esprit de famille au point de m'épargner les honneurs de sa table de dissection. »

Il se tourna vers l'intérieur. A deux ou trois milles du rivage, le Bois en Val, qui occupait tout l'horizon sud, lançait sur la lande voisine ses attaques végétales, sortes de langues forestières s'amenuisant peu à peu en surface et en hauteur à cause de la stérilité accrue du sol où le granit affleurait. Au-delà de ces avant-gardes, plantés dans l'humus riche et profond, des arbres géants dressaient, bâti de troncs serrés et de frondaisons touffues et mêlées au point de former une seule masse homogène, un mur qui de loin semblait impénétrable, comme s'il matérialisait l'interdit frappant ces lieux maudits et sacrés. Gauvain fit avancer son cheval jusqu'à ce mur, puis le longea, cherchant une trouée assez large pour lui permettre d'y pénétrer. Brusquement, un homme surgi de derrière un chêne arrêta sa monture en saisissant les rênes. L'étalon, à la fois apeuré et irrité, se cabra, frappant d'un coup de sabot en pleine poitrine l'homme qui roula à terre, le souffle court. Gauvain, après un instant de surprise, se mit à rire en le voyant se redresser péniblement et s'efforcer d'aspirer l'air qui lui manquait.

« Croyais-tu, lui dit-il, que ce noble animal élevé pour affronter les fureurs des batailles allait se laisser impressionner par un vulgaire détrousseur campagnard ? Et que penser d'un larron sylvestre qui, avec une tournure de demoiselle et un simple couteau de chasse, prétend rançonner un guerrier de la Table Ronde ? Y a-t-il jamais eu entreprise plus vaniteuse et imbécile ?

– Au moins une, Seigneur Gauvain, dit l'autre qui se remettait peu à peu. Celle qui consiste à penser trouver, dans une forêt inconnue vaste d'un million de *jugera*, le palais du Lac, qui en mesure deux.

– Tu as tort. Car dans mon cas, un hasard heureux peut jouer. Dans le tien, non. Qui es-tu ? Et comment me connais-tu ?

– Je suis poète et musicien à la cour de la Dame du Lac, la princesse Viviane. Je faisais partie de sa suite lorsqu'elle est allée au mariage du roi, à Carduel. C'est là que je t'ai vu, et c'est pourquoi la Dame m'a envoyé à ta rencontre, pensant que tu avais pour elle un message d'Arthur de Logres. Nous avons appris ton arrivée par nos amis du Val sans Retour avec qui nous avons de fréquents contacts bien que, par prudence, nous ne leur ayons révélé ni la situation du palais du Lac, ni qu'il est le refuge des héritiers d'Armorica. Je guette ici ta venue depuis deux jours. Quant au hasard dont tu parlais, n'y compte pas, car même après une visite au palais de la Dame, tu n'en pourrais retrouver le chemin sans guide.

– Si tes pieds de guide sont aussi agiles que ta langue de poète, nous y serons bientôt. Je te suis. »

Ils s'engagèrent dans le bois. Après plusieurs heures de marche lente sur des chemins sinueux et à peine visibles, ils débouchèrent sur la rive nord d'un lac faisant une large trouée bleue et argentée dans la verdure d'où émergeait, à l'est, un piton élevé. Ses flancs étaient pris d'assaut par des plantes de plus en plus étriquées et économes à mesure que la terre se raréfiait. Et cette vague s'amenuisant peu à peu venait s'épuiser et mourir près du sommet où on apercevait, à cause de la nudité de la roche, une plate-forme précédant l'entrée d'une grotte. Tout autour de l'eau, sur une bande de terre large de cinq cents pieds, la forêt se clairsemait, nettoyée de sa végétation basse, ce qui laissait entre les grands arbres un vide herbeux comme ménagé pour l'agrément de la promenade, ou même s'interrompait, défrichée pour faire place à des champs de culture. Au centre du lac, un îlot ovale, qui pouvait avoir une longueur de quatre cents pieds et une largeur deux fois moindre, était entièrement occupé par le palais de Viviane. Il était défendu par un rempart de quinze pieds de hauteur, fait de troncs plantés au ras des berges, où s'accrochait un chemin de ronde sur lequel on voyait circuler quelques veilleurs. L'enceinte était interrompue par un portail s'ouvrant sur un pont de bois qui reliait l'îlot à la rive nord, à l'endroit où cette sorte d'immense douve était la plus étroite, mesurant cependant au moins deux cents pieds de largeur.

Gauvain et son guide s'engagèrent sur le pont et peu après le portail s'ouvrit devant eux. Le palais, cerné d'une cour pavée de dalles de granit soigneusement taillées et ajustées pour éviter que les intempéries ne fissent de la terre nue un bourbier, s'élevait sur trois niveaux, dont les deux supérieurs s'agrémentaient de galeries. Il était fait de bois et de briques, et la simplicité de ces matériaux était compensée par un raffinement de la construction jusque dans le moindre détail décoratif, montrant qu'il avait été conçu et bâti par les artistes composant la suite ordinaire de Viviane, qui s'étaient improvisés, pour la circonstance et l'amour d'elle, charpentiers et maçons. A l'intérieur, le sol du rez-de-chaussée, surélevé par rapport à la cour, poursuivait le dessin de celle-ci, mais avec des dalles plus petites et encore plus lisses. L'édifice, soutenu par de hauts fûts de chêne sculptés imitant les plus belles formes des colonnes de pierre, pouvait aisément abriter une population d'une centaine de personnes, et c'était à peu près celle des sujets de Viviane, composée en parts égales d'hommes et de femmes.

Le guide mena Gauvain jusqu'à la porte d'une chambre de l'étage supérieur, ouvrit et se retira. Gauvain entra et vit, immobile, debout au milieu de la pièce, une femme à la beauté solaire, lumineuse, en qui il reconnut la jeune fille qu'il avait remarquée aux noces d'Arthur, dix ans plus tôt. Mais à présent un épanouissement splendide condamnait à l'oubli la ravissante chasseresse d'autrefois. Gauvain la contempla un moment en silence, puis il lui dit :

« Je constate, Viviane, que le jardinier Merlin ne se limite pas à la culture de la pensée, mais qu'il sait aussi faire éclore la rose. Et ne crois pas que par cette métaphore bucolique je diminue en rien ton mérite. Car la qualité de la graine pèse autant que celle du jardinier. J'en suis la preuve vivante, moi qui ai pu bénéficier dès l'enfance, pendant mes séjours à Carduel, de sa fréquentation bienveillante sans en tirer aucun profit. Ce faiseur de rois aura fait, ou laissé faire, au moins un fou.

– Si le messager du roi est un fou, Gauvain, dit Viviane en souriant, quel crédit puis-je accorder au message ?

– A l'inverse des gens ordinaires, il m'arrive d'avoir des crises de raison. D'ailleurs mon message est simple.

Dans vingt ans, quand les héritiers de Ban et de Bohort auront été éduqués par toi au point de se montrer capables de gouverner l'Armorica selon la loi de Logres et de Merlin et dignes de devenir membres de la Table, mène-les à Carduel. Le roi leur donnera une armée pour reprendre à Claudas leurs terres. C'est tout. Hors d'ici, seuls Morgane, le roi par elle et moi par lui savons que tu as recueilli Lancelot, Lionel et Bohort. Tu ne seras donc troublée dans ta pédagogie ni par l'agression de leurs ennemis, ni par le zèle impatient de leurs alliés.

– J'approuve la décision du roi, qui est sage, dit Viviane. Mieux vaut un délai permettant de bâtir le sûr et surtout le juste, lent à concevoir, qu'une improvisation immédiate et incertaine. Les héritiers de Ban et Bohort recevront ici l'éducation de Merlin lui-même, par mon entremise, car s'il a refusé de s'en charger en personne et de quitter sa retraite, je prends cependant de lui un conseil permanent.

– Pourrai-je le visiter ?

– J'en doute. Je suis seule à avoir ce privilège, et cela ne tolère aucune exception. Il continue à m'apporter amour, plaisir et savoir, et je lui rends le mieux que je peux deux choses sur les trois.

– Délectable retraite, dit Gauvain, et qui montre mieux que ses grandes spéculations la sagesse de Merlin. J'échangerais bien cet exil contre mon siège à la Table, s'il n'y manquait quelques beaux coups d'épée à donner et à recevoir et la présence du roi que j'aime plus que tout au monde. Car jouir de ton corps et de ton esprit me semble une fin, qu'il s'agisse de temps ou de but, digne d'être universellement désirée, et je crois que tu peux séduire tout ce qui est vivant, même le végétal qui, sur ta terre, paraît pousser volontiers à ta guise. »

Viviane ne put s'empêcher de rire.

« Je vois, dit-elle, que ton insolence, déjà manifeste lors de notre première rencontre à Carduel où elle effarouchait l'innocence des jeunes filles et plaisait secrètement à l'expérience des dames de la cour, a fait des progrès.

– Pardonne-moi. Je tire au vrai peu de crédit de ces progrès, mais on s'améliore dans les voies qu'on peut. Et, à y penser, ma légèreté se voile parfois de mélancolie. Je te rassure, c'est une brume légère qui se dissipe aisément. »

Il la regarda, pensif, et continua :

« A présent que ma mission est accomplie, je dois retourner à Carduel faire mon rapport au roi. Il faut donc que je te quitte. Ce n'est pas sans peine.

– Ne peux-tu rester jusqu'à demain ? Je donnerai ce soir un festin en ton honneur. Tu verras que ma petite cour est très joyeuse. Chacun ici se fait tour à tour paysan, ouvrier, artiste, érudit studieux et noble oisif. Personne n'est figé dans un rôle ou une fonction, sinon peut-être moi-même, par la volonté des autres plus que par la mienne.

– Je te remercie, mais je dois refuser. Si je reste cette nuit, je voudrai rester davantage. Je voudrai rester si quelque chose n'arrive pas, pour que cela arrive. Et je voudrai rester si quelque chose arrive, pour que cela arrive encore. Tu me plonges dans une confusion inconnue de moi, et cet irritant délice fait que mes paroles mêmes, à l'ordinaire d'une clarté bourrue, s'obscurcissent. Tu vois bien qu'il me faut partir.

– Gauvain, cher Gauvain… » commença Viviane.

Mais il s'inclina et sortit de la chambre. Il descendit dans la cour et monta à cheval. Il quitta le palais, songeur, mécontent de lui-même, se disant :

« Tu fuis devant le danger, misérable couard ! Bel ambassadeur que le roi s'est trouvé là, forcé à être discourtois pour éviter d'être ridicule ou odieux ! Mais quelle splendeur de femme ! C'est sa faute, aussi ! »

Il s'enfonça dans le Bois en Val, droit vers les rivages du nord.

Au terme de la première paix d'Arthur, la loi de Merlin et de la Table avait partout pénétré et produit ses bénéfices dans l'empire, de sorte que, si pauvreté et injustice y demeuraient encore, leurs manifestations extrêmes, l'indigence complète du corps et de l'esprit, la faim et l'ignorance, en avaient été à peu près chassées. L'assemblée de Camelot était aux yeux des peuples une sorte de panthéon divin, et deux de ses membres faisaient l'objet d'un culte particulier : le roi et Mordred. Celui-ci, avec un zèle inlassable, avait consacré chacune de ses heures à l'application scrupuleuse, jusqu'aux lieux les plus reculés de Logres, des réformes d'Arthur. Il s'était fait l'ennemi acharné de la négligence, de la corruption et de l'égoïsme privé, et le défenseur des humbles, avec cette générosité apprise, absolue et sans chaleur. Tous ceux qui avaient pouvoir et fortune le craignaient, hormis le roi qui était le seul à le soumettre à sa volonté, Kay qui l'affrontait sans cesse au nom de l'esprit pratique, Gauvain qui le soutenait secrètement tout en s'en moquant au grand jour, et Yvain dont l'intelligence réussissait parfois à faire admettre à la rigidité de sa doctrine abstraite l'inévitable fluidité du réel. Tous ceux qui étaient sans pouvoir ni fortune l'idolâtraient. Il était constamment à cheval, voyageant dans tout l'empire, attentif à tous les cas. Et, parce qu'on prenait cette proximité du corps pour une fraternité de l'esprit, ce souci de la loi pour de la bonté, cet extraordinaire sens du devoir pour de l'amour, on le tenait à l'égal d'Arthur pour l'incarnation adulée de la Table, mais plus présente et accessible. Ainsi en était-on arrivé à ce paradoxe que le roi, plus sage et plus humain, et en conséquence plus juste, mais isolé par sa fonction et sa secrète mélancolie, était aux yeux de ses sujets une figure mythique et lointaine, idéale, et que Mordred, animé par l'idée pure et froide, presque privé de sens, qu'ils fussent d'un corps de fer entièrement soumis à l'esprit, d'un esprit entièrement soumis à l'arbitraire de la foi, ou d'un cœur atrophié dès son aube par Morgane et ne survivant que de l'amour désorienté qu'il portait à Arthur, était pour eux comme un père plein de sévérité et de tendresse, d'autorité et de souci.

Au printemps de l'année 520, une galère de Cardeu des Redones entra dans le port de Carduel et débarqua une douzaine de voyageurs qui se rendirent aussitôt au palais d'Arthur. Là, leur chef, ôtant le large manteau de voyage dont les plis et le capuchon cachaient son identité, se fit connaître et demanda audience. C'était Viviane, la Dame du Lac. Arthur, accompagné de Gauvain, la reçut avec sa suite. Elle fit avancer devant lui trois jeunes hommes qui s'étaient découverts à leur tour.

« Seigneur, dit-elle, j'ai mené jusqu'à toi, selon ta volonté et au moment que tu as choisi, les héritiers d'Armorica. Ils ont été éduqués pour servir Logres, la Table Ronde et toi-même, et pour régner sur leurs peuples dans l'esprit du droit établi par Merlin, qui a été leur pédagogue indirect. Voici Lancelot, fils de Ban, héritier de Bénoïc. C'est avant tout un guerrier, sans égal en Armorica dans le maniement des armes. Il a vingt-cinq ans, et cela fait dix ans que je contiens avec peine son impatience, son plus grand désir depuis sa quinzième année étant d'affronter Claudas, ce qu'il aurait pu faire, car son habileté et sa puissance ont été précoces, mais il n'était pas alors en mesure d'assumer la responsabilité du pouvoir. Et cela a été la démonstration de ta sagesse lorsque tu as fixé le délai de la revanche. Voici Lionel, premier fils de Bohort, héritier de Gaunes, âgé de vingt-quatre ans. Il est plus stratège que guerrier, plus législateur que conquérant, et, sans négliger sa formation de combattant devant reprendre sa terre à la tête de ses fidèles, il s'est surtout passionné pour la philosophie et le savoir. Il sera, je pense, un roi à ton image, et répondra bien au dessein de Merlin harmonisant la nature et l'idéal, le corps et l'esprit, le réel et la volonté. Et voici Bohort, second fils de Bohort, né le jour de la mort de son père, ce pourquoi il a reçu son nom, il y a vingt ans. Il est sans héritage, et c'est sans doute pour cela que, bien qu'ayant eu le même enseignement que son frère et son cousin, il a cultivé davantage ses dons pour tous les arts, particulièrement l'architecture, la poésie et la musique. Ce qui réunit ces êtres différents est l'amour que chacun porte aux autres et qui le pousse à compenser ses faiblesses par leurs qualités.

– En somme, dit Gauvain, l'Armorica aura deux

rois qui n'en feront qu'un seul mais avec trois têtes. »

Viviane se mit à rire, imitée par tous les autres. Arthur fut favorablement impressionné par la stature de Lancelot, la beauté et la fierté sans arrogance de son visage, l'intelligence des traits de Lionel, l'air de générosité joyeuse de Bohort. Il pria Viviane de s'installer avec sa suite au palais et d'y demeurer auprès de ses enfants adoptifs jusqu'au départ de l'expédition d'Armorica. Mais elle, voulant couper leurs dernier liens avec l'enfance en les confiant complètement au roi, désirant aussi retrouver au plus tôt Merlin et ses sujets, repartit le jour même. Gauvain l'accompagna, car il avait une dernière mission à remplir avant la guerre. Il escorta Viviane jusqu'à l'orée du Bois en Val. De là, il se rendit au Val sans Retour et prévint, par les messagers qui s'y tenaient en permanence pour assurer la liaison avec Logres, les rebelles de se tenir prêts, les uns à s'engager dans les troupes de Claudas, les autres à le rejoindre une certaine nuit sur un point de la côte nord de Gaunes, au fond d'une crique déserte et bien abritée, assez vaste pour accueillir la flotte de Logres, assez basse et accessible pour permettre le débarquement de l'armée royale. Puis il chevaucha jusqu'à la cité de Gaunes dont Claudas avait fait la capitale des trois royaumes, établissant sa résidence dans l'ancien palais de Bohort, et demanda audience comme ambassadeur du roi Arthur. Il fut aussitôt reçu par Claudas.

« Le roi Arthur et l'assemblée de la Table Ronde, lui dit-il, t'informent de ceci : les héritiers légitimes de Bénoïc et de Gaunes, Lancelot, fils de Ban, et Lionel, fils de Bohort, sont venus à Carduel, apportant les preuves irréfutables de leur filiation. Aussi dois-tu à présent te soumettre à l'une des trois conditions de la paix fixées il y a vingt ans, c'est-à-dire leur restituer leurs terres et te retirer dans la tienne avec tous tes guerriers. En outre, comme après enquête il est apparu que tu as envahi Bénoïc et Gaunes sans aucune provocation de Ban ou de Bohort, par désir de puissance et simple cupidité, menant une guerre injuste, comme d'autre part tu as menti délibérément en affirmant que leurs héritiers avaient péri, sachant bien, par exemple, que Lancelot était sorti vivant de l'incendie de Trèbes, ce pour quoi tu as attaqué Avalon où son sauveur et lui s'étaient réfugiés, le roi Arthur condamne la Terre Déserte à verser un lourd tribut à Bénoïc et Gaunes, jusqu'à ce que soient réparés les préjudices de la guerre et restitués les taxes et les impôts prélevés par toi en terre conquise pendant vingt années d'une occupation sans cause admissible. »

Claudas effaré resta un moment sans voix, mais il se reprit bientôt et répondit à Gauvain sur un ton doucereux et peiné :

« Le roi Arthur et la Table Ronde ont été abusés par des imposteurs, car comment croire que des héritiers légitimes, conscients de leur droit, aient attendu vingt ans pour se manifester ? Cela n'a pas de sens. Ils ont été simplement désignés et entraînés à leur rôle par d'anciens partisans de Ban et de Bohort avides d'une revanche immorale, car encore une fois ce sont eux, et non moi, qui ont provoqué la guerre.

– La princesse Viviane, fille de Cardeu des Redones, a recueilli et élevé les héritiers sous le contrôle de Merlin lui-même, pour les préparer à leur fonction future. De cela la reine Morgane d'Avalon peut témoigner. Mettrais-tu en doute la parole des plus hautes figures de l'empire ?

– Je m'en garderai bien. Mais ils ont pu eux-mêmes être abusés, de sorte que la bonne foi égarée de personnages aussi illustres devienne pour le roi Arthur une garantie absolue. Quoi de plus simple, en effet, pour des fanatiques de Ban et de Bohort désespérés par la ruine totale de leur maison, que de prendre des enfants quelconques et de les confier à Viviane comme héritiers légitimes ? La tromperie est encore plus efficace que dans le cas d'imposteurs adultes, car les enfants croient eux-mêmes à ces fausses origines et, n'ayant pas à jouer un rôle, ils ne risquent pas d'être démasqués.

– Le roi Ban en personne tenait la corde attachée au panier contenant son fils Lancelot, ainsi descendu des remparts de Trèbes dans la barque de Viviane. Et celle-ci a reçu des mains de la reine Evaine, leur mère, les enfants de Bohort.

– Alors c'est que Viviane elle-même a menti, et elle est complice ou même auteur de l'imposture. Elle a fait cela sans doute par haine de son père Cardeu, mon allié, dont elle a quitté la cour il y a bien longtemps. »

Gauvain le considéra avec un sourire méprisant.

« Je rends hommage, dit-il, à ton imagination et à l'impudence de ses trouvailles. Tu refuses donc de te plier à la condition de paix autrefois fixée par le roi et acceptée par toi ?

– Je ne m'y refuse pas, mais cette condition ne se présente pas dans les faits. Je puis donc conserver mes conquêtes sans manquer à ma parole.

– Alors, prépare-toi à la guerre. »

Et Gauvain quitta le palais.

Quelque temps plus tard, Gauvain se tenait, au milieu de la nuit, sur la grève sableuse adoucissant les fonds d'une crique profonde et bien abritée de la côte nord de Gaunes. Il avait autour de lui tous les anciens guerriers de Ban et de Bohort rencontrés lors de sa première visite à leur repaire du Val sans Retour et devenus depuis les chefs d'une sédition discrète, mais répandue partout, propageant la résistance à l'occupant et formant dans l'ombre la future armée des héritiers d'Armorica. Sur les hauteurs dominant la grève, quatre mille cavaliers de Bénoïc et de Gaunes veillaient, tous ceux qui parmi les guerriers rebelles des deux royaumes possédaient une monture. Ils ne s'étaient pas comme leurs compagnons à pied portés volontaires dans l'armée d'occupation, selon le plan de Gauvain, car ils savaient que, malgré son besoin pressant de troupes le poussant à recruter à la hâte des Bretons pour renforcer ses vingt mille guerriers, Claudas ne tolérerait dans sa cavalerie, en raison du rôle stratégique majeur qu'il lui assignait, que des hommes de la Terre Déserte.

Bientôt la galère capitaine de la flotte de guerre de Logres, à la tête de quarante trirèmes de combat, entra dans la crique et mit en panne à proximité de la grève. En descendirent Mordred, Lancelot, Lionel et Bohort, suivis de huit officiers.

« Le roi, dit Mordred à Gauvain, nous a confié, à toi et à moi, le commandement de l'armée. Je commanderai Logres, qui compte les huit mille guerriers à pied de l'armée royale. Tu commanderas Armorica, avec laquelle tu as tissé des liens pendant vingt ans.

– Nous n'aurons que quatre mille cavaliers locaux, dit Gauvain, dont la plupart ont peu d'entraînement à l'exercice et pas du tout au combat. C'est maigre face aux sept mille cavaliers aguerris de Claudas.

– Le roi avait besoin de toute sa cavalerie pour porter éventuellement un secours rapide à l'armée du Nord, en raison de nouveaux troubles apparus à Gorre et dans les Hautes Terres. Nous devrons fonder notre tactique sur la suprématie des piétons en nombre et en expérience.

– Il m'est pénible, soupira Gauvain, d'imaginer le roi chargeant Caledonia dans une chevauchée grandiose, alors que nous sommes ici à régler en rampant des querelles de village.

– Je te remercie, Seigneur, intervint Lancelot, de ta considération pour notre terre et notre cause.

– Je ne voulais pas t'offenser, Lancelot. Et malgré cette dérision qui me vient naturellement à tout propos, je sais que l'Armorica est une grande terre, un enjeu majeur pour l'empire, que le combat sera rude et son issue incertaine. Mais cela m'ennuierait de mourir ailleurs qu'aux côtés du roi.

– Je te comprends, Seigneur. Moi-même j'ai déjà pour lui un tel amour que je voudrais aussi être auprès de lui dans la guerre, même s'il s'agit ici de mon propre héritage.

– Tu es un bon compagnon, dit Gauvain, et ce sera un plaisir de se battre dans ton parti. A présent, viens avec tes cousins. Je vais vous présenter aux chefs et aux guerriers. »

Il le fit, et devant les trois jeunes héritiers les chefs mirent un genou en terre, tandis que sur les hauteurs les cavaliers criaient leurs noms en brandissant leurs armes.

A l'aube, le débarquement des troupes de Logres était achevé, et les galères quittèrent la crique pour prendre le chemin du retour. Les huit mille piétons de l'armée royale et les quatre mille cavaliers d'Armorica se mirent en marche au sud, vers la ville de Gaunes où Claudas avait réuni toutes ses forces.

Trois jours après, les deux armées étaient en présence sur la plaine située au nord de la cité. La disproportion était considérable. Devant les douze mille guerriers de Gauvain et Mordred, Claudas alignait sept mille cavaliers et treize mille piétons de la Terre Déserte, son armée permanente, ainsi que six mille piétons volontaires recrutés à Gaunes et Bénoïc, vingt-six mille combattants au total. Gauvain fit avancer son cheval vers l'ennemi et leva son épée. Aussitôt les six mille Bretons de Claudas se mirent à courir à lui en hurlant les noms de Lancelot et de Lionel et vinrent se ranger aux côtés des cavaliers d'Armorica, rétablissant un certain équilibre des forces : dix-huit mille guerriers de Mordred et Gauvain contre vingt mille guerriers de Claudas, tous de la Terre Déserte. Et avant que ceux-ci ne fussent revenus de leur surprise où se mêlaient la colère et le découragement, Gauvain, avec à ses côtés Lancelot et Bohort, chargea à la tête des cavaliers, pendant que Mordred secondé par Lionel se portait au devant de l'infanterie de Claudas avec ses quatorze mille piétons. La bataille fut tout de suite acharnée. Gauvain accomplit des prodiges, mais s'obligea à brider sa fougue et son insouciance ordinaires à cause de l'infériorité de ses forces et de la témérité des deux héritiers. Lancelot, qui se révélait un combattant égal aux meilleurs de la Table, s'enfonçait dans les rangs des ennemis, suivi de Bohort qui, n'ayant ni sa force ni son habileté d'escrimeur et de cavalier, montrait un courage insensé, s'exposant aux coups d'une multitude d'adversaires aguerris et féroces. Et ils furent enveloppés plusieurs fois, en péril de mort, dégagés de justesse par Gauvain qui les couvrait d'injures et par l'élite de ses guerriers qui les acclamaient comme les dignes fils de leurs anciens rois. Cependant la disproportion du nombre et de l'expérience finit par se faire sentir. Et lorsque la cavalerie des Bretons eut perdu deux mille hommes, la moitié de ses effectifs, alors que celle de Claudas n'en avait laissé que mille à peine sur le terrain, forte encore de plus de six mille combattants, Gauvain ordonna le repli à l'arrière des lignes de Mordred où les survivants mêlés aux piétons résistèrent avec succès aux assauts furieux des cavaliers de la Terre Déserte déjà persuadés de la victoire. Mais ce fut l'infanterie de Mordred qui décida de la journée. Celui-ci, à la tête des piétons de l'armée royale, les meilleurs guerriers de l'empire, culbuta les rangs de Claudas, épouvantant l'adversaire dont il faisait un carnage, enthousiasmant ses troupes qui le portaient aux nues et dont il décuplait la vaillance par son exemple, partout présent, partout victorieux. Il était intelligemment appuyé par Lionel enveloppant, avec les guerriers légers et rapides d'Armorica, les ailes de l'ennemi, l'empêchant de se déployer et le forçant à affronter sans liberté de mouvement la terrible machine de guerre de Logres. Et lorsque Claudas vit que ses troupes reculaient de plus en plus vite, perdant un terrain où elles laissaient cinq mille cadavres et blessés hors de combat, il ordonna la retraite pour éviter une débandade. Les forces de la Terre Déserte se replièrent à l'est, vers Bénoïc, avec une cavalerie presque intacte et une infanterie ravagée, vaincues mais puissantes encore. L'armée des Bretons les poursuivit jusqu'aux frontières orientales de Gaunes. Là, Mordred interrompit son avance, se satisfaisant d'avoir libéré tout le royaume en une seule bataille.

Le lendemain, Lionel, à la tête des quatorze mille guerriers de Logres et d'Armorica ayant survécu au combat, entra triomphalement dans la cité de Gaunes en liesse. Il reçut la couronne des mains de Gauvain, au nom d'Arthur. Et sans perdre un instant, se retirant de la guerre sur le conseil de Mordred à qui il laissait cependant tous ses guerriers, il entreprit la réorganisation de son royaume en s'inspirant de celle de Logres, des réformes d'Arthur et de la loi de la Table Ronde.

Pendant toute la fin de l'année 520 et le début de l'année suivante, Mordred et Gauvain investirent lentement Bénoïc. Mais Claudas, se dérobant, se repliant toujours plus à l'est pour éviter un affrontement dans des conditions moins favorables encore qu'à la bataille de Gaunes, car les forces ennemies étaient à présent égales aux siennes, se réfugia dans le pays des Redones.

Ceux-ci en profitèrent pour dénoncer la tutelle de Logres, déposer Cardeu et offrir son trône au souverain de la Terre Déserte, lui apportant le renfort de mille cavaliers et trois mille guerriers à pied, ce qui le persuada de livrer une seconde bataille avec toutes les chances de vaincre. Elle eut lieu à la frontière de Bénoïc et des Redones, au début de l'été 521. Mais comme l'armée royale restait presque intacte et que les troupes d'Armorica avaient suivi au cours de l'année écoulée un entraînement intensif à la guerre les rendant presque aussi redoutables que leurs alliés, la défaite de Claudas se transforma cette fois en désastre, et la retraite en déroute. Il perdit la moitié de ses guerriers, sacrifiant d'abord les quatre mille Redones, faisant tuer ensuite cinq mille hommes de sa propre armée dans un repli désordonné qui bientôt se changea en fuite éperdue vers la Terre Déserte. Là encore, Gauvain, Mordred et Lancelot accomplirent de grands exploits, s'attirant une vénération accrue des troupes qui ne comptèrent dans leurs rangs qu'un peu plus de deux mille morts. Le pays des Redones fut rattaché à Bénoïc, et Lancelot devint souverain de la plus vaste province de l'empire. Imitant Lionel, et prenant conseil de lui et Mordred, il s'employa à organiser son royaume agrandi, mais ne se retira pas de la guerre, voulant accompagner l'ultime expédition destinée, selon le vœu d'Arthur, à s'emparer de la Terre Déserte et la donner à Bohort.

Il restait à Gauvain et Mordred six mille piétons de l'armée royale, quatre mille piétons et seulement mille cavaliers d'Armorica. Lancelot recruta à Bénoïc deux mille cavaliers, et Lionel en envoya autant de Gaunes.

L'armée prit ses quartiers d'hiver à la frontière sud de Bénoïc, face à la Terre Déserte où Claudas rassemblait en hâte ses ultimes forces, ajoutant aux débris de son armée des enfants ou des vieillards, tous inexpérimentés, recrutés de force et encadrés par ses plus farouches partisans. Et même alors il ne put réunir plus de seize mille guerriers dont dix mille à peine étaient en mesure de combattre efficacement.

Au printemps de l'année 522, les Bretons, sous le commandement de Mordred, Gauvain, Lancelot et Bohort, passèrent le fleuve séparant les deux royaumes et investirent la Terre Déserte. Et il y eut une troisième bataille où les fidèles de Claudas furent anéantis, leur roi poursuivi et abattu par Lancelot, et où Bohort conquit l'affection des six mille hommes enrôlés contre leur gré, qui avaient très vite déposé les armes, en les renvoyant à leurs familles sans les faire prisonniers même une heure. Ainsi commença-t-il son règne sur la Terre Déserte par un acte de mansuétude, et bientôt sa bonne humeur et sa générosité sans ostentation lui attirèrent l'amour de ses nouveaux sujets, rendus plus fidèles par cette douceur que par la crainte que leur avait inspirée leur ancien maître.

Par ses trois souverains, l'Armorica augmentée de la Terre Déserte reconnut solennellement la tutelle de Logres et réintégra l'empire d'Arthur, lui donnant une extension et une puissance jamais atteintes auparavant. Et Lancelot, Lionel et Bohort, sous le parrainage de Gauvain, Mordred et Yvain, devinrent membres de la Table Ronde.

Lancelot se tenait devant Guenièvre assise sur sa couche, la contemplant avec un mélange d'admiration et d'anxiété. Elle était de vingt ans son aînée et le temps, sans rien ôter à sa séduction de traits et de corps, l'avait au contraire enrichie d'une souveraine majesté de port et de cette tendre volupté du mûrissement, opposition d'une respectueuse mise à distance et d'une provocation de la chair dont l'effet était une attirance à la fois contenue et aiguillonnée par l'obstacle.

Guenièvre avait fait chercher Lancelot, la nuit suivant son intronisation à la Table, par sa servante la plus proche et la plus fidèle, confidente et messagère, intendante aussi, chargée de recruter pour leur beauté les esclaves attachés à son service et acteurs de ses débauches.

« Ainsi, dit-elle, tu es ce Lancelot dont tout le monde parle à Carduel, fils de Ban, élève de Viviane et de Merlin, roi de Bénoïc, conquérant de l'Armorica, vainqueur de Claudas, membre éminent de l'assemblée de Camelot dès l'instant de ton admission, aimé du roi à l'égal de Gauvain et de Mordred, sage et puissant guerrier, beau de corps et de visage... »

Elle lui fit signe de s'asseoir à son côté et poursuivit :

« Je désire te connaître. Dis-moi ce que fut ta vie jusqu'à cette heure. »

Et Lancelot lui parla de sa naissance, de sa fuite de Trèbes et de la bataille d'Avalon dont il avait mille fois exigé de Viviane le récit détaillé, de ses jours au Bois en Val et au palais de la Dame du Lac, de la guerre. En même temps, sous le regard bleu de Guenièvre fixé sur lui, à portée du parfum de son corps tout proche et presque de sa chaleur, il sentait s'affirmer un trouble né à l'instant de leur rencontre, qui le remplissait d'une délicieuse perplexité faite d'un désir encore inavoué et d'une crainte qu'il éprouvait pour la première fois de sa vie. Lorsqu'il se tut, elle lui sourit et lui dit :

« Je veux te donner non seulement une affection de reine, ce qui est mon devoir, mais aussi celle d'une seconde mère adoptive, ce qui est mon plaisir, remplaçant ici Viviane absente au loin, car je t'ai aimé en te voyant, et encore davantage en t'écoutant. »

Elle s'allongea sur sa couche et attira Lancelot à son côté, lui caressant les cheveux d'un geste doux et maternel. Il lui rendit cette caresse d'abord timidement, posant une main sur la *stola* qui la couvrait, puis avec une conviction grandissante et maladroite qui fit que le vêtement s'ouvrit et qu'il fut en contact avec sa peau nue. Ne cherchant nullement à le refermer, elle continua son geste affectueux, ambiguïté qui exaspéra le trouble désir de Lancelot, et il joignit à la caresse de sa main celle de ses lèvres. Elle affectait d'ignorer ce passage de la tendresse à la lascivité, ou tout au moins de l'absoudre comme sans conséquence, et cette attitude, mêlant une tolérance de mère et un abandon d'amante, porta Lancelot à un tel degré de lubricité sacrilège et délectable qu'il la prit et jouit d'elle avec une force qui le laissa un moment privé de sens. Puis il se sentit envahi par la honte et l'effroi. Mais Guenièvre, se révélant enfin, s'employa à faire renaître son désir par des attouchements délibérés, et elle lui enseigna le reste de la nuit tous les plaisirs, tirant de lui des jouissances aussi grandes que celles qu'elle lui donnait.

Au matin, en la quittant, il lui dit :

« Je t'aime, Guenièvre. Je t'aime à l'égal du roi que tu trahis. Et cela me remplit d'une félicité coupable et douloureuse.

– S'il y a trahison, dit-elle avec une froide tranquillité, elle n'est pas de mon fait, mais du tien. Car Arthur, tout à sa passion pour Morgane, ne m'aime pas. Donc, ne me sentant envers lui aucun devoir dans la mesure où fidélité et amour sont choses réciproques, je ne fais que me venger de son indifférence. Et cette vengeance tient justement au fait que toi, tu lui as juré amour et loyauté, ce qui est l'essence même du contrat de la Table. Ainsi, de nous trois, c'est moi qui trahis le moins. »

Et Lancelot pleura, car il savait que, tout en voulant donner sa vie pour le roi, jamais il ne renoncerait à sa passion pour Guenièvre et au plaisir sublime et abject qu'elle lui apportait, qu'il était pris dans les rets d'une obsession dont il ne pourrait plus se délivrer.

« Je t'aime, moi aussi, dit Guenièvre. Même si tu es lâche. »

Dans l'été de l'année 522, peu après la fin des événements d'Armorica, on vit arriver dans le port de Carduel les cinq galères laissées autrefois par Arthur entre les mains de Morgane pour constituer la flotte de guerre et de commerce de son île. Mille deux cents sujets d'Avalon débarquèrent avec tous leurs biens. Et ce fut sur les quais une telle cohue de gens, de chevaux, de bétail, d'animaux de basse-cour, un tel empilement de ballots, de marchandises, de meubles et d'outils, que la cohorte urbaine vint en force pour enquêter, prévenir les troubles et empêcher les arrivants de se répandre dans la ville. Après des pourparlers, trois d'entre eux, encadrés par des guerriers de la cohorte, se dirigèrent vers le palais pour demander audience au roi, pendant que les autres montaient et attelaient des chariots pour y entasser leurs possessions. Lorsqu'il sut que plus de la moitié de la population d'Avalon était arrivée à Carduel, Arthur vint accueillir ses envoyés. Le plus âgé s'avança, s'inclina et lui dit :

« Seigneur, la souveraine d'Avalon, la reine Morgane, notre reine, nous a chassés de son île malgré notre désir de rester par amour d'elle et de cette terre dont elle a fait la plus belle, la plus riche et la plus sûre de tout l'Occident. Elle nous a dit qu'il était temps pour elle de se retirer du monde et pour Avalon de retourner à l'état sauvage. Nous sommes venus ici prendre possession de la forteresse d'Isca et de ses dépendances, première résidence de la reine Morgane, qui lui a été donnée lorsqu'elle avait douze ans par le roi Uther-Pendragon, et qu'elle nous donne à son tour en propriété collective, ce qui fait que nous ne sommes plus ses sujets, mais les tiens. Les autres habitants d'Avalon, au nombre de huit cents, ont débarqué à Bénoïc pour présenter au roi Lancelot une requête semblable à propos du domaine fortifié du Val sans Retour. Voici les *volumines* où la reine a consigné l'acte de donation et aussi les actes d'affranchissement de tous ses esclaves, car elle veut que nous exploitions son legs en hommes libres et égaux.

– Je confirme et garantis, dit Arthur, votre droit de propriété, puisque c'est la volonté de Morgane et que rien dans la loi de Logres ne s'y oppose. Elle est donc restée absolument solitaire à Avalon ?

– Oui, Seigneur.

– Pourquoi a-t-elle pris cette décision ?

– Nul autre qu'elle-même ne le sait.

– Y a-t-il parmi vous une femme, sa servante la plus proche, qui se nomme Bonduca ?

– Non, Seigneur. Elle a dû partir avec ceux de Bénoïc, car c'était sa terre d'origine.

– Comment Morgane survivra-t-elle ? A-t-elle décidé de se laisser mourir ?

– Je ne le crois pas. Elle nous a demandé de déposer au début de chaque mois des vivres sur le port d'Avalon, sans tenter de lui parler ni même de l'apercevoir. Elle ne recherche donc pas la mort, seulement la solitude. »

Le roi resta songeur un long moment, pendant lequel ses interlocuteurs demeurèrent immobiles et silencieux, n'osant interrompre sa rêverie. Enfin il leur fit signe de le suivre et se rendit avec eux au port. Là, il fut entouré et acclamé par les arrivants, et il se mit à leur tête pour les conduire lui-même à Isca. La longue colonne des cavaliers, des chariots, des piétons, des troupeaux et de leurs gardiens s'ébranla et sortit de Carduel par la porte occidentale, au-delà de laquelle commençait la voie côtière qui menait à la forteresse, située à une vingtaine de milles dans le sud-ouest de la capitale. Elle fut atteinte après une demi-journée de marche. Elle était en parfait état de conservation, entretenue par les sujets de Morgane lors de son premier exil en Armorica et, lorsqu'elle les avait emmenés avec elle à Avalon, par un intendant et quelques serviteurs qu'Arthur y avait placés pour ne pas la laisser à l'abandon. Le rempart, la cour, le palais lui-même ne montraient aucun signe de décrépitude. En visitant les vastes salles des parties communes, les appartements et les chambres vides de mobilier, ceux qui y venaient pour la première fois s'extasiaient sur la beauté, la solidité et la commodité de la construction. Ceux qui y étaient nés pendant le séjour de Morgane au Val sans Retour, retrouvant des lieux familiers abandonnés depuis trente ans, étaient émus, et davantage ceux, plus âgés, qui y avaient vécu sous l'autorité de la jeune princesse de Logres. Mais nul ne fut comme Arthur bouleversé par une nostalgie ravivant la mélancolie qui l'occupait jusqu'à l'oppression et la douleur lorsqu'il pénétra dans les lieux où il avait connu autrefois avec Morgane une passion d'âme et de corps inouïe. Il prit congé de ses compagnons assez brusquement et s'éloigna d'Isca, pendant qu'ils commençaient déjà à s'installer dans le palais, élever des palissades pour les animaux de basse-cour, mener les troupeaux paître l'herbe haute de la plaine, nettoyer les terres arables qui, riches et reposées, promettaient d'abondantes récoltes. Arthur arrêta son cheval à l'endroit précis du rivage où, âgé de dix-sept ans, il avait rencontré sa demi-sœur pour la première fois.

« Morgane, dit-il, que n'es-tu revenue avec tes sujets à Carduel ? Ce n'est pas par crainte de la loi qui te menace d'une mort immédiate si tu quittes ta terre d'exil, car tu ne crains aucune loi de l'homme, seulement celle du temps. Et cependant tu as remporté sur le temps une longue victoire, puisque tous les témoins de ta beauté la décrivent intacte malgré l'âge. Mais peut-être as-tu seule remarqué sur ton corps le premier signe de la défaite, et pour celle-là tu ne veux aucun témoin. Le temps a la patience du vainqueur inéluctable. Il peut même se permettre la miséricorde, cicatrisant les blessures de l'âme et de la chair, avec cette sollicitude de fauve léchant tendrement la proie qu'il va dévorer. Il n'en a eu aucune envers moi, car, au lieu de fermer la plaie béante de ton absence, il n'a fait que l'infecter toujours plus, de sorte que cette tumeur m'a envahi tout entier. Toi seule peux me soigner à Avalon, et je puis être aussi ton allié dans ton ultime bataille perdue contre le temps. Et si tu ne veux pas que je sois témoin de ses coups et des traces laissées par eux dans ta chair, rends-moi aveugle, pourvu que je puisse jouir de ta voix et de ton corps que j'aimerai autant et davantage dans sa défaite que dans son triomphe. Mais je sais que tu as fait de la mort de la Table, qui serait la mort de mon âme rendant le soin inutile et la jouissance impossible, la condition féroce de ton hospitalité. Et pourquoi, âme se faisant cadavre pour autrui par cette renonciation à son monde, mais non pour elle-même encore capable de souffrir, de haïr et d'aimer dans le vide, veux-tu faire durer une vie ainsi promise à une longue agonie de déchéance et de solitude ? S'il est vrai, comme tu le penses, que la vie peut être sans l'âme, mais non l'âme sans la vie, ce qui fait de notre corps notre seul bien, alors je tiens ma réponse et j'hésite à en finir moi-même, pris entre douleur d'être et terreur de n'être pas. Souffrance d'amour est conscience d'amour qui se perd à jamais dans l'abomination indolore du néant. Et je ne sais ce qui vaut mieux, de cette torture née de la splendeur de l'idée et de la mémoire, aggravée par le temps, ou de ce néant effaçant ensemble torture et splendeur, idée et mémoire, et jusqu'au temps qui, meurtrier de tout, meurt à son tour. Ainsi rien n'est plus, ou rien est, si le défaut de tout est quelque chose. Cependant je ne veux pas acheter ma guérison par l'oubli, parce que cela inclut l'oubli de toi, et que le prix est trop élevé. Dans la mort, seul m'intéresse le sort qu'elle réserve à la conscience divine que j'ai de toi. Si cette conscience meurt avec moi, je veux vivre. Sinon, que m'importe ! Car si dans une matière abattue, une chair morte, vouée à la pourriture et à la disparition, est préservée cette identité absolue d'Arthur qu'est l'amour de Morgane, le néant est vaincu, et tout demeure. Mais si seul le corps a une identité, si être c'est vivre et rien d'autre, alors je comprends que tu aies choisi de vivre, même dans le désespoir de l'être mesuré par le temps. »

Au début de l'année 523, les Calédoniens de Gorre, les ennemis les plus puissants et les plus sournois de Logres, qui n'avaient jamais osé l'attaquer avec leurs seules forces depuis le traité passé entre Uther et Leodegan, avaient réussi à rassembler contre l'empire une vaste coalition, tous les peuples vivant sur les terres de Caledonia, à l'exception de l'Orcanie. La coalition comprenait, outre Gorre qui l'avait initiée, les Pictes de la côte occidentale et les Scots de Dalriada, ennemis réconciliés pour la circonstance, et aussi les Pictes des Hautes Terres du nord-est où les partisans de la guerre l'avaient emporté sur les anciens chefs avec qui Arthur avait conclu une paix vingt-trois années auparavant. Elle était forte de quarante mille guerriers. Jamais en Caledonia on n'avait réuni une telle puissance militaire. Elle se porta contre l'armée du Nord, les treize mille Brigantes veillant à la frontière le long du mur d'Hadrien comme autrefois les légions de Rome. Ceux-ci, qui depuis deux ans observaient les troubles dans Gorre et en tenaient Arthur informé, ce qui l'avait dissuadé d'utiliser la cavalerie royale à la reconquête de l'Armorica, avaient envoyé des messagers à Carduel dès le début du rassemblement des Calédoniens, craignant d'être débordés par une telle multitude. Arthur confia immédiatement la régence de Logres à Yvain qui, malgré son désir de participer à l'expédition, s'inclina devant la volonté du roi. Arthur, en même temps, rendit publique, la guerre lui en offrant l'occasion, une décision qu'il avait arrêtée depuis un certain temps. Il désigna Yvain comme son successeur sur le trône de Logres et à son siège de la Table si lui-même devait périr au combat, et fit ainsi de son neveu par alliance son héritier officiel. Et en cela il fut approuvé par tous, car Yvain réunissait les qualités de tous, génie politique et militaire, ampleur de vue, autorité et courage d'Arthur, conviction et intégrité de Mordred, générosité de Gauvain, réalisme de Kay, ce qui en faisait le dépositaire le plus complet de la sagesse de Merlin. Il était le seul, à l'exception d'Arthur, à être aimé par tous ses pairs de la Table, et sa popularité dans l'empire n'était dépassée que par celle du roi et de Mordred.

Partirent Gauvain, Mordred, Kay et Lancelot qui, retenu à Logres autant par son dévouement à Arthur que par sa passion pour Guenièvre, voyant peut-être aussi dans la guerre l'occasion de mettre fin à ses tourments, avait confié le gouvernement de Bénoïc à Lionel. A la tête des seize mille hommes de l'armée royale, Arthur se dirigea à marches forcées vers le mur d'Hadrien pour rejoindre l'armée du Nord. En même temps, il envoya des messagers à cheval se relayant jour et nuit pour ordonner à l'armée d'Orcanie de venir par les Hautes Terres prendre l'ennemi à revers. Les trois armées de l'empire totalisaient donc trente-trois mille guerriers, dix-sept mille restant en réserve dans les garnisons des *civitates*.

La bataille fut effroyable et décisive. Arthur attaqua avec une témérité insensée, un mépris absolu du danger, une furie combattante qu'il n'avait jamais montrés, même à Badon, émerveillant ses troupes et les entraînant irrésistiblement dans une charge dévastatrice que rien ne pouvait arrêter, terrifiant l'ennemi qui voyait en lui quelque monstre divin issu de leurs légendes. Et tous, partisans et adversaires, le tinrent cette journée-là pour le plus grand guerrier de tous les temps. Lancelot seul approcha ses prouesses, se tenant à son côté en compagnie du fidèle Kay pendant toute la durée de la bataille, l'imitant publiquement dans ses grands coups d'épée et ses mouvements audacieux jusqu'à la folie, secrètement dans un désir exalté de mourir qui s'affirmait au fil des heures. Et chacun, faisant tout pour perdre la vie, sauva celle de l'autre à de multiples reprises. Gauvain et Mordred, qui luttaient avec leur vaillance coutumière, se virent en charge de la tactique d'ensemble à cause de la défection du roi oublieux de toute responsabilité et ne combattant pas en stratège mais en simple guerrier. Et ils profitèrent si bien des fulgurantes percées de la cavalerie, manœuvrant méthodiquement avec la masse des hommes à pied, qu'aucun pouce de terrain gagné par l'avancée chaotique d'Arthur ne fut perdu. Le recul de l'ennemi se fit de plus en plus précipité et sans ordre, et cette retraite sanglante se changea en désastre lorsque l'armée d'Orcanie, surgie au nord par surprise, se déploya et fondit sur ses arrières. Vingt-cinq mille guerriers de la coalition restèrent sur le champ de bataille, presque tous ceux de Gorre et un grand nombre de Pictes et de Scots. Des quinze mille survivants, la moitié se rendit, l'autre parvint à s'enfuir. Un calme et un silence de sépulcre, sorte d'effarement du triomphe, succédèrent aux fureurs de la bataille. Puis une clameur naquit et s'enfla. Logres acclamait son roi qui en ce jour était devenu son dieu. Mais Arthur, épuisé et sanglant, descendit de cheval, s'adossa à un rocher et demeura là, prostré. Gauvain et Lancelot l'entourèrent et, bouleversés, virent qu'il pleurait. Et Gauvain se rappela les larmes d'Arthur à Badon, répandues aussi à cause de la mort, mais pour une raison contraire. Car alors il pleurait parce qu'elle avait pris Loth, Leodegan et une multitude de guerriers, et à présent parce qu'elle l'avait lui-même épargné.

Gorre envahie devint la vingtième *civitas* de Grande Bretagne et la vingt-troisième province de l'empire, sous le contrôle de l'armée du Nord et l'autorité des officiers d'Isurium. L'année suivante, dans les Hautes Terres de la côte et de l'intérieur, ainsi qu'à Dalriada, les alliés de Gorre furent traqués, passés au fil de l'épée et remplacés par des chefs favorables à la paix, à qui Arthur confirma l'indépendance de leurs terres. L'empire atteignit sa plus grande extension et Logres l'apogée de sa puissance. La Table Ronde, au sommet de sa renommée dans tout l'Occident, semblait indestructible, et ses principaux membres étaient devenus aux yeux des peuples de vivantes légendes.

Mais dans les matériaux de cette superbe construction, chef-d'œuvre enfin abouti de son grand architecte disparu, Merlin, il y avait la passion incestueuse et adultère, le parjure et le mensonge, la mélancolie et le désespoir. Cependant tout tenait ensemble malgré cette secrète corrosion.

Et ce fut la deuxième paix d'Arthur.

Une nuit, à la fin de l'année 537, revenant au palais après une de ses débauches dans la ville basse, Gauvain entendit un tumulte et un bruit de lutte du côté des appartements de la reine. Il s'y précipita, mais avant qu'il y parvînt le silence se fit. Il entra. Lancelot, nu, tenait à la main son épée sanglante. Il avait une expression féroce et horrifiée. Guenièvre était assise sur sa couche, dévêtue elle aussi et ne cherchant pas à se couvrir. Elle était paisible, et son visage, qui avait conservé harmonie et noblesse malgré les atteintes de l'âge, reflétait même une sorte de satisfaction. Sa chair un peu alourdie avait encore son éclat et sa séduction lascive. Deux cadavres gisaient à terre, en qui Gauvain reconnut ses demi-frères Agravain et Gaheriet, fils que Morcades avait eus d'un second mariage quelques années après la mort de Loth. Ils n'étaient que de pâles courtisans toujours occupés à de médiocres intrigues et, malgré leur parenté avec le roi, celui-ci, qui les tolérait au palais, ne les avait jamais jugés dignes de siéger à la Table. Gauvain n'avait pour eux qu'indifférence et mépris. Il considéra la scène, perplexe, mais sans émotion apparente.

« Peste ! dit-il. Il se passe ici des choses plus corsées que dans les bas-fonds où je me vautre, et les lupanars du port pourraient en comparaison passer pour des Académies ou des Lycées de la modération philosophique !

– Pardon... Gauvain... balbutia Lancelot. Ils m'y ont forcé...

– En ce qui concerne la mort de ces cloportes dont j'ai l'infortune d'être le frère à demi, ma moitié fraternelle te pardonne, l'autre moitié te félicite, bien que je trouve ta mauvaise humeur à leur égard un peu expéditive. Mais je devine ici des faits autrement plus graves. Ou plutôt ils me crèvent les yeux.

– Ils ont attaqué la reine, dit Lancelot avec gêne. Je suis arrivé à temps. »

Gauvain ricana.

« Même l'obtus Kay, dit-il, ne pourrait avaler une aussi grosse histoire. Mais moi je le peux. Je le veux. Je dirai pour l'appuyer que j'étais avec toi et je prendrai à mon compte un de tes meurtres. Je vois là ta tunique. Mets-la. Certains esprits bornés pourraient trouver étrange que tu l'enlèves pour combattre plus à l'aise. »

Guenièvre eut pour Lancelot un sourire à la fois tendre et méprisant.

« Tes frères, dit-elle à Gauvain, nous soupçonnaient depuis quelque temps d'être amants. Et ce soir, après avoir guetté l'arrivée de Lancelot, ils ont fait irruption ici et ont exigé de moi, contre leur silence, que j'obtienne du roi leur intronisation à la Table. J'ai refusé.

– Et depuis combien de temps, dit Gauvain à Lancelot, fais-tu ce métier de parjure et d'hypocrite ? »

Sous l'insulte, Lancelot serra convulsivement son

épée, mais sa colère retomba aussitôt, étouffée par la honte.

« Quinze ans » répondit Guenièvre à sa place.

Et devant l'effarement que Gauvain n'avait pu cacher, elle poursuivit :

« Que vas-tu faire, à présent ?

– Ce qu'il a dit. »

Une haute silhouette venait d'apparaître dans l'encadrement de la porte et avait prononcé ces mots.

« Mordred ! dit Gauvain. Décidément la corruption est contagieuse. Qu'elle m'atteigne, passe encore ! Mais toi !

– Il ne s'agit pas de corruption, Gauvain, dit Mordred, mais de sauver la Table et l'empire du chaos issu de cet enchaînement effroyable de la trahison, la vengeance et la haine de leurs deux plus grands personnages. Et cela d'autant plus que la cause en est futile. Un caprice de femme ! Lancelot, je confirmerai ton explication déjà étayée par Gauvain, et légitimerai l'exécution de ces deux misérables. Et tu sortiras de cette affaire encore grandi aux yeux de Logres, comme sauveur de la reine. Mais je ne te pardonnerai jamais d'avoir introduit à la Table le poison du mensonge, nous entraînant Gauvain et moi dans ton crime. Tu partiras pour Bénoïc et tes devoirs de roi trop longtemps négligés. Tu ne reviendras à Carduel que lorsque cela sera indispensable, sans jamais chercher à approcher à nouveau la reine.

– Comme c'est simple ! dit Guenièvre. Un peu trop pour moi. Je t'éviterai malgré toi de violenter ta vertu, Mordred, car je suis déterminée à respecter cette sainte vérité de la Table et à la dire à Arthur sans rien dissimuler des faits ni des causes que tu trouves futiles. Autre caprice de femme !

– Que cherches-tu ? demanda Mordred d'une voix blanche. A détruire la Table ?

– Ce n'est pas mon but, mais ce peut être une conséquence. Et si cela est, si c'est moi, Guenièvre, la bafouée, qui perds la Table, et non sa pire ennemie Morgane, la sage, cela montrera que le pouvoir destructeur de l'humiliation est sans doute plus efficace que celui de la doctrine. »

Mordred la fixa en silence. Et pour la première fois son visage s'anima d'une émotion puissante qui était la haine.

« Tu dois savoir, dit-il, que cela signifie ta mort.

– Qu'importe ! Je suis en âge de mourir. Et beaucoup d'autres avec moi, si tes craintes sont justifiées. J'ai vécu solitaire, mais je mourrai en foule.

– Peut-être pas, dit froidement Mordred. Si je modifie un élément de l'explication de Lancelot : il n'est pas arrivé à temps pour te sauver. »

Et instantanément il tira l'épée et en frappa Guenièvre. Mais Gauvain avait été aussi rapide. Il parvint à y opposer la sienne qui absorba la plus grande force de l'impact. Cependant Guenièvre fut touchée à la tête et s'effondra, inanimée, le sang ruisselant sur son visage. Lancelot se jeta sur Mordred avec un hurlement, l'épée haute. Et commença un duel acharné entre deux des plus grands guerriers de Logres. Gauvain fut tenté d'intervenir, mais il y renonça.

« Bah ! se dit-il, laissons s'étriper le prêtre et le traître. »

Il se pencha sur Guenièvre. Elle était vivante. Il mouilla un linge, nettoya la plaie de sa tête, qui était sans gravité malgré la violence du choc, et lava son visage. Pendant ce temps, Mordred et Lancelot combattaient, l'un avec froideur et maîtrise, sans chercher à tuer son adversaire, l'autre avec la fureur de l'extrême désespoir où se mêlaient la culpabilité, la haine, la douleur et le deuil, car il croyait Guenièvre morte. Cette fureur l'aveuglant et l'épuisant, Lancelot sentit que Mordred prenait l'avantage. Il tenta un coup ultime où il mit ce qui lui restait de force. Mordred l'évita de justesse par un retrait de tout le corps. L'épée heurta la dalle avec une violence terrible et se brisa. Mordred baissa sa garde et dit :

« Va-t'en, Lancelot ! Retourne sur ta terre !

– Je reviendrai ! Je reviendrai tirer vengeance de toi, chien meurtrier, même si pour cela je dois détruire Logres et la Table !

– La reine est vivante » dit Gauvain.

Mais déjà Lancelot avait fui.

« Il reprendra ses sens, dit Mordred. Et de toute façon, la honte l'empêchera de rien avouer, donc il ne pourra rien faire, la cause lui manquant. Nous le laisserons hors de cette affaire. Nous seuls y serons mêlés, ayant fait justice des deux assassins de la reine. Elle est vivante, dis-tu ? Alors laisse-moi achever ce que j'ai commencé. »

Gauvain se plaça entre lui et la couche où gisait Guenièvre. Il leva son épée.

« Tu n'as jamais aimé les femmes, Mordred, dit-il en souriant. Ni même une femme. Mais de là à les assassiner… J'avoue que tu m'étonnes.

– Crois-tu que je fais cela pour ma satisfaction personnelle ?

– Je me le demande.

– Es-tu fou ? Mon âme sortira de cette action abominable aussi morte que le corps de Guenièvre. Mais ce mal est nécessaire au plus grand bien. Ne vois-tu pas l'insignifiance du moyen et l'énormité de l'enjeu ? Deux victimes, la reine et moi-même, deux riens dans l'espace et le temps, sacrifiés à une idée infinie et éternelle, la Table Ronde. Même un être aussi vain que toi peut comprendre cette évidence.

– Après Guenièvre, il y aura d'autres problèmes et d'autres sacrifices. Ils seront sans fin. Et ces mots ont dans mon esprit un double sens : la répétition infinie du crime et l'effacement progressif d'un but dont l'éthique est radicalement opposée à ton moyen d'y parvenir. Ce but sera comme une chimère n'existant plus que comme justification du crime. Le monstre n'engendre pas le dieu, seulement d'autres monstres. La Table n'est pas un âge d'or à jamais futur, elle est tous les actes qui la font vivre, maintenant. Ce qui compte est non ce qu'elle veut, mais ce qu'elle fait. De sorte que le but et le moyen sont exactement la même chose. Même une machine comme toi peut comprendre cette évidence. Et de toute façon, je ne te laisserai pas assassiner une femme, moins celle-là que toute autre. J'en viens même à penser que la sauvegarde de la Table passe non par sa mort, mais par la tienne. Alors battons-nous, prêtre ! »

Mais Mordred le considéra longuement en silence, perplexe, et son visage se faisait le mime d'un violent débat intérieur. Enfin, il sortit. Gauvain se pencha sur Guenièvre. Elle était revenue à elle. Il prit sur un siège une *stola* et en couvrit le corps nu de la reine. Puis il s'assit auprès d'elle. Elle lui dit faiblement :

« Je te remercie de m'avoir sauvée, même si en fin de compte je me suis volontairement perdue. Je ne savais pas que j'avais un ami dans le confident de l'amour d'Arthur pour Morgane. J'ai entendu tes paroles. Comment peux-tu affecter d'être aussi fou alors que tu es aussi sage ?

– Mais je suis fou, Guenièvre. D'abord parce que la sagesse m'ennuie. Ensuite, vois ce que la sagesse a fait de Mordred, ou encore de Morgane. Seul Merlin a compris que la sagesse, pour être sage, doit se teinter d'un peu de folie, sous peine d'être folle.

– Merlin, et toi-même.

– J'ai compris cela. Mais ma folie ne fait que se teinter d'un peu de sagesse, et la proportion, inversée, n'est pas bonne. Ainsi, sais-tu ce que je retiens de ces événements grotesques et tragiques ? Le privilège de te regarder nue. Dans le tumulte des pensées et des sensations inspirées par la passion de haine et d'amour, la trahison, l'échec, la violence et la mort, c'est cela qui en moi a dominé tout le reste. Tu vois bien que ma folie n'est pas affectée.

– Et cependant ton secours, tes soins, tes paroles et jusqu'à ta légèreté insolente ont fait que ma vengeance, si longue et si claire dans sa noirceur, vient en un instant de se troubler d'incertitude, et cette saveur délectable qu'elle avait a pris un goût d'amertume. Je ne sais plus quoi dire au roi ni comment le lui dire, le quoi et le comment étant sans doute une seule et même question.

– Le quoi, c'est tous les faits sans ombre ni manque. Le comment, c'est ton intention et sa contrariété. Venge-toi tout en doutant de cette vengeance, si vengeance et doute sont deux aspects d'une même vérité. Jette le masque entièrement. Le visage est préférable, même s'il est pire. Le tien est beau, non seulement à cause de ses traits, mais aussi à cause de ton doute. »

Arthur entra en compagnie de Mordred. Il était toujours droit et puissant. Une abondante chevelure blanche encadrait son visage superbe et marqué par les sillons du temps et du souci. Il s'avança vers la couche de Guenièvre. Gauvain et Mordred enlevèrent les deux cadavres de l'appartement et s'éloignèrent ensemble.

« Je te le répète, Mordred, dit Gauvain, tu m'étonnes. »

Guenièvre ne cacha rien à Arthur de ses faits ni de ses pensées. Et dans ses paroles se succédaient la colère et la tristesse, la satisfaction et le regret, le défi et la souffrance, la certitude et la perplexité, et surtout la mélancolie de l'échec, celui d'une vie, de l'amour et en fin de compte de la haine.

« Je revendique entièrement, conclut-elle, la responsabilité de mes actes. Fais-moi juger par la Table et condamner à mort. Ou pardonne-moi sans réserve.

– Je n'ai rien à te pardonner, dit Arthur, car ta faute n'est rien en regard de la mienne qui en est la cause. J'ai fait mon malheur, que je ne regrette pas, et le tien, pour lequel c'est moi qui te demande pardon. Si la Table devait juger et punir un coupable, ce serait moi sûrement, Lancelot peut-être, non toi. Je voudrais pouvoir te dire que je suis arrivé au terme de ma passion comme tu sembles être arrivée au terme de la tienne. Mais ce serait un mensonge. J'évoquais autrefois le pouvoir guérisseur du temps. Il a eu l'effet inverse. Ainsi mes torts envers toi ne finiront-ils qu'avec ma vie. »

Pendant tout le début de l'année 538, Lancelot, dont le désespoir coupable s'était changé en désespoir meurtrier à cause de sa haine de Mordred et, par suite, de la Table, essaya sans relâche de soulever toute l'Armorica contre Logres, afin de réunir une armée assez puissante pour détruire Carduel. Lionel et Bohort, après avoir tenté vainement de le ramener à la raison, lui montrant que sa cause était injuste et même sans fondement, car ils avaient appris que Guenièvre était vivante, refusèrent de seconder sa folie et exigèrent au contraire qu'il fît sa soumission et demandât à Arthur le pardon de son parjure et de sa trahison. Mais lui, bien qu'heureux de savoir la reine sauve, n'en excusa pas pour autant Mordred, et son orgueil, qui lui faisait considérer cette soumission, qu'elle fût suivie du pardon ou du châtiment, comme une intolérable humiliation, vint au secours de sa haine, alimentant sa violence naturelle. Il perdit peu à peu la conscience de son propre crime et s'enferra toujours plus avant dans une révolte devenue absurde. Cependant il ne trouva pas un seul partisan à Gaunes et en Terre Déserte dont les peuples aimaient leurs rois et se fiaient à leur sagesse, et même la plupart des guerriers de Bénoïc, ne comprenant rien à sa cause et à ses agissements, lui firent défaut. Il ne put recruter que quelques milliers d'hommes, presque tous des Redones qui voyaient là une occasion de réaliser leur rêve inlassable d'échapper à la tutelle de Logres.

A ces nouvelles, Arthur, hésitant entre punir Lancelot ou l'absoudre, décida que son crime était allé trop loin pour être pardonné. Il convoqua une assemblée extraordinaire de la Table et déclara son intention de mener une expédition contre Bénoïc, de condamner Lancelot à la mort ou à l'exil et de partager son royaume entre Lionel et Bohort. Tous l'approuvèrent, sauf Mordred. Il dit qu'une telle expédition équivaudrait à une guerre civile désastreuse pour Logres, pour l'empire, et surtout pour le rayonnement de la Table en Occident. Et puisque c'était lui même qui avait provoqué la révolte de Lancelot en lui reprochant de négliger ses devoirs de roi, en lui ordonnant de retourner à Bénoïc et en le chassant de Carduel et de l'armée royale, ajouta-t-il sans faire aucune allusion à Guenièvre, se soumettant ainsi au secret exigé par le roi, il se proposait de se rendre seul auprès de Lancelot et, s'il le fallait, de lui offrir sa tête en échange de sa soumission. Arthur refusa. Il décida de mener l'expédition immédiatement et, puisque Mordred s'y opposait, il lui donna la régence de Logres pendant son absence. Là encore, ce choix fut approuvé par tous, sauf un seul qui était Gauvain.

Quelques jours plus tard, Arthur, entouré de Gauvain, Kay et Yvain, embarqua à la tête des seize mille guerriers de l'armée royale sur la totalité de sa flotte de guerre, cent trirèmes de combat qui pouvaient emporter aisément les hommes, les chevaux, les armes lourdes ou légères, les équipements et les vivres. Parvenu sur la terre d'Armorica, non seulement il ne rencontra aucune hostilité, mais partout les gens du peuple vinrent à sa rencontre pour lui témoigner leur reconnaissance de les avoir délivrés du joug de Claudas et de leur avoir donné la loi de Logres si profitable aux humbles. Lancelot, voyant l'immense popularité d'Arthur sur sa propre terre, s'entêtant dans sa révolte au mépris de toute raison et de son amour pour le roi, s'enferma derrière les puissantes murailles de sa capitale avec ses partisans. Arthur donna l'assaut, mais Lancelot le repoussa avec vaillance.

Un long siège commença. Une partie de la flotte assurait le blocus du port. Presque tous les habitants non combattants de Bénoïc demandèrent à Lancelot l'autorisation de quitter la place, ce qu'il leur accorda à la seule condition de ne rien emporter des réserves de vivres. Ils sortirent en masse, et l'armée royale les laissa volontiers traverser ses lignes. A la fin de l'année, Arthur établit autour de la ville ses quartiers d'hiver.

Au printemps 539, Mordred, qui avait assuré pendant une année la régence de Logres avec son zèle scrupuleux et volontaire, mais qui avait puisé dans l'exercice du pouvoir des ambitions nouvelles et démesurées pour la Table et l'empire, ambitions paralysées par la guerre d'Armorica, se décida à une action extrême, débattue au cours de nuits fiévreuses et sans sommeil, à laquelle il était poussé par sa mystique de la loi et aussi par une colère s'amplifiant jusqu'à la haine contre le roi et Lancelot. Il en était venu à les considérer comme le plus grave danger menaçant la Table. Il leur reprochait avec amertume l'arbitraire d'un intérêt privé et affectif prenant le pas sur la sagesse et l'oubli de soi imposés par une responsabilité morale universelle, les accusait de risquer le tout pour le rien dans une folie destructrice et criminelle, voyait dans leurs actes un enchaînement de trahisons. Les paroles de Morgane l'obsédaient : « Tous peuvent trahir, y compris Arthur lui-même. Tous, sauf toi qui seras le garant absolu, le conservateur incorruptible de l'âme de la Table. Et celui, quel qu'il soit, qui montrera faiblesse, corruption ou trahison deviendra de ce fait ton pire ennemi. » Et aussi : « Choisis toujours l'idée contre la personne, choisis la Table contre ton propre père. » Il se persuada que lui seul pouvait être le sauveur de l'œuvre de Merlin, son ultime recours contre un complot dont il accusait pêle-mêle Arthur, Lancelot, Gauvain, Guenièvre et Morgane, complot contre la Table doublé, sans qu'il en eût conscience et donc avec une force d'autant plus corrosive qu'elle travaillait enfouie sous une bonne foi aveugle, d'un complot contre lui-même avivé par ses douleurs d'enfance, celles du manque d'amour et du secret honteux de ses origines. Et lorsque sa décision fut prise, il s'y jeta tout entier avec la férocité de la conviction parfaite. Il attendit le premier jour de l'été qui ouvrait l'une des deux séances ordinaires de la Table fixées aux solstices, parce que tous les membres devaient s'y rendre. Seuls étaient absents Arthur, Gauvain, Kay, Yvain, les seize officiers de l'armée royale et les trois rois d'Armorica. Il y avait donc cent vingt-sept membres présents. Mordred prit le premier la parole, comme sa fonction de régent l'y autorisait :

« La Table, Logres et l'empire sont en péril à cause de la prolongation indéfinie de cette guerre intestine, absurde et meurtrière, entre Arthur et Lancelot. Par la volonté du roi, tous ont été tenus dans l'ignorance de ses véritables causes, sauf ceux, dont je suis, qui en ont été les témoins directs. La première de ces causes, la plus lointaine, a été la passion coupable née très tôt entre Arthur et sa demi-sœur Morgane, ma mère, condamnée par Merlin à un premier exil en raison de cette passion qui malgré la séparation ne s'est jamais démentie dans le cœur du roi, le conduisant à négliger la reine répudiée en fait, sinon en droit, aussitôt qu'épousée. La seconde, qui en découle, a été le désir de revanche de Guenièvre, qui l'a corrompue à un degré tel qu'elle a séduit l'un des meilleurs d'entre nous, Lancelot, le poussant au parjure et au mensonge de sorte qu'ils ont été quinze années durant des amants criminels, l'une par vengeance délibérée, l'autre par faiblesse et égarement. Le roi a commis deux fautes. Une faute de jeunesse, qui est une passion infâme, une faute de vieillesse, qui est un pardon insensé. Et ces deux fautes nous ont menés à la guerre civile qui depuis un an étouffe Logres et paralyse Camelot. D'ailleurs, après l'expédition contre Caledonia, Arthur n'a rien fait pour étendre l'influence de la Table, se contentant d'une administration passive de l'acquis. L'immense projet de Merlin n'a plus gagné sur la barbarie depuis l'envahissement de Gorre. Il n'est même pas étale, enkysté dans la paix, mais il régresse dans une lutte contre lui-même à l'intérieur de l'empire. Arthur a vieilli, et son ambition pour la Table a vécu, étouffée par cette paralysie sénile, ce défaut d'entreprendre s'affirmant à l'approche de la mort. Je demande donc qu'il soit déposé avec tous les honneurs dus au plus grand roi et au plus grand guerrier que le monde ait connu. Je demande à le remplacer, car je me sens plus que tout autre le légataire de la pensée de Merlin. »

Il y eut un effarement suivi d'un tumulte. Les uns approuvaient Mordred, les autres l'insultaient, l'appelant fou, menteur ou traître. Mordred les considérait sans s'émouvoir. Un des quatre officiers de l'armée d'Orcanie, respecté pour sa sagesse politique et sa valeur militaire, qui s'appelait Tristan, intervint après avoir obtenu un silence relatif :

« Je resterai toujours fidèle au roi, mais jouons ton jeu un instant. En supposant que tes griefs et tes accusations soient vrais, que l'opinion que tu en tires, à savoir qu'Arthur a démérité, soit juste et convaincante, que nous ayons le droit de déposer le roi légitime de Logres et d'exclure le créateur de la seconde Table de sa propre invention sans nous rendre coupables de forfaiture, ce qui fait en vérité beaucoup de suppositions, pourquoi ne pas le remplacer par le successeur qu'il a lui-même désigné et que nous avons tous, toi compris, approuvé, le sage Yvain ?

– Crois-tu, répondit Mordred, qu'Yvain accepterait de régner, Arthur étant en vie ? Et crois-tu qu'il ferait une autre politique, alors qu'il l'a accompagné en Armorica, soutenant la guerre civile, après avoir été le plus grand artisan de ce qu'on a appelé la seconde paix d'Arthur qui, ne se justifiant plus comme la première par l'organisation de l'empire, n'était rien d'autre qu'une coupable inaction ? Nous l'avons approuvé à une époque où le roi était tout autre, inventeur de la loi, conquérant de l'Armorica et de Gorre, vainqueur des Hautes Terres. Et comme Yvain suit Arthur pas à pas, ainsi que Gauvain et Kay, ils doivent tous être confondus dans le même jugement. Si Arthur est encore digne de régner, la question est sans objet. Et s'il doit être déposé pour la prospérité et même la survie de la Table, pourquoi mettre son semblable à sa place ?

– Tu écartes avec un empressement suspect les parents du roi qui, au même titre que toi, peuvent prétendre légitimement à l'héritage du trône d'Arthur, dit Tristan.

– Le choix doit se fonder non sur la filiation, mais sur l'intérêt de la Table, et j'ai toujours été le plus ardent et le plus intransigeant soutien de ses valeurs et de sa loi. Mais puisque tu parles de légitimité, sache ceci : je suis, moi, Mordred, le fruit de l'amour incestueux d'Arthur et de Morgane. Je suis le fils d'Arthur, le descendant direct d'Uther-Pendragon et de Constant de Logres. Et donc, ce que je vous demande, je pourrais l'exiger. »

Il y eut un silence de mort. Tristan le rompit :

« Qui nous dit que tu n'es pas un ambitieux intrigant ayant prémédité depuis toujours cette prise de pouvoir sous les dehors de la plus exemplaire vertu ?

– Ai-je jamais menti ?

– Il n'y a pas de différence apparente entre un homme sincère et un menteur habile. Peux-tu prouver ce que tu avances ?

– Je le peux.

– Comment ?

– Envoyez un messager à Isca. Qu'il ramène ici les plus vieux serviteurs de Morgane, ceux qui ont été témoins de sa liaison avec le roi et aussi, l'ayant suivie au Val sans Retour, de sa grossesse et de ma naissance. »

Le lendemain, on introduisit trois femmes et deux hommes âgés, dont l'ancienne intendante d'Isca à l'époque où la jeune princesse Morgane y demeurait, sa servante la plus proche jusqu'à l'arrivée de Bonduca, et qui l'avait accompagnée dans ses deux exils. Ils étaient inquiets, terrifiés de pénétrer dans le plus haut lieu de l'empire en présence de ses plus grands personnages et de ses plus puissants guerriers composant une assemblée légendaire dans tout l'Occident.

« N'ayez aucune crainte, leur dit Mordred. Personne ici ne vous veut aucun mal. »

Il désigna l'intendante.

« Toi, je te reconnais. Avance et parle pour les autres. Dis d'abord à l'assemblée qui tu es et quels étaient ton rôle et tes charges auprès de Morgane. »

Elle le fit.

« Sais-tu qui je suis ? demanda Mordred.

– Tu es le fils de notre reine, le seigneur Mordred, né au début de son exil au Val sans Retour.

– Sais-tu qui est mon père ? »

Elle baissa la tête, apeurée, sans répondre.

« La Table Ronde, dit Mordred, te délivre du serment de secret exigé autrefois de toi et de tes compagnons par Merlin à propos de ma naissance. Elle en a le pouvoir. Tu dois dire ce que tu sais sans rien omettre. Qui est mon père ?

– C'est le roi Arthur de Logres, murmura-t-elle.

– Parle plus fort, que tous ici t'entendent.

– C'est le roi Arthur de Logres.

– Comment le sais-tu ?

– Le roi a été le premier amant de notre reine, à Isca, lorsqu'ils étaient très jeunes. Je l'ai bien souvent introduit dans ses appartements privés. Et lorsqu'elle a été enceinte, elle m'a ordonné de lui fermer les portes de son palais. Puis le seigneur Merlin l'a condamnée à l'exil à cause de sa grossesse et pour l'éloigner du roi que ce rejet conduisait à la folie et au désespoir. Elle a accouché de toi au Val sans Retour, à la fin de l'hiver de l'année 479. Elle t'a éduqué elle-même, sans rien te cacher de tes origines, mais en te recommandant de n'en parler à personne sauf au roi et au seigneur Merlin, car tu étais le fruit d'une liaison criminelle. Lorsque tu as eu douze ans, elle t'a conduit à Carduel pour te présenter à ton père et à sa cour. Puis elle est partie pour un second exil, définitif, à Avalon.

– Confirmez-vous ses paroles ? » demanda Mordred aux autres.

Ils le firent tous. Mordred les renvoya. L'assemblée, atterrée, restait silencieuse, le regardant avec un mélange de respect et d'horreur, ne sachant comment réagir ni que penser. Car bien que le crime du roi et l'enchaînement de ses effets néfastes leur parussent impardonnables, il leur semblait tout aussi grave de déposer celui qu'ils avaient toujours placé au-dessus de tous les hommes, craint et adulé, et certains y voyaient même la fin de la Table, sa raison d'être disparaissant avec son créateur.

« J'ai révélé cela, dit Mordred, pour vous prouver ma bonne foi, non pour revendiquer ma légitimité, car je répète que seul compte à mes yeux l'intérêt de la Table, et si le plus humble sujet de Logres était le plus apte à la servir, je le choisirais sans hésiter, étant hostile à toute ambition personnelle et à tout amour du pouvoir pour lui-même. Croyez-vous qu'un intrigant aurait offert sa propre tête contre la soumission de Lancelot ? A l'inverse, mon ambition pour la Table, Logres et l'empire est sans limite. La raison d'être de la loi est d'être universelle, ou alors elle est sans raison. Je vous propose de réunir la plus grande force armée possible et de poursuivre la conquête, en commençant, depuis l'Armorica, par la Gaule franque. Les peuples sous le joug de la barbarie, de l'injustice et de l'arbitraire attendent notre loi. Et quand on a pour soi les peuples, et contre soi seulement les mercenaires sans foi des puissants, on est sûr de triompher. Partout l'armée de la Table se grossira de volontaires jusqu'à devenir la plus forte jamais réunie, invincible non seulement à cause de son nombre, mais aussi de sa conviction, car chaque guerrier, se battant librement pour tous, se battra aussi pour lui-même. Nous prendrons tout l'Occident et davantage, réunissant les empires de Rome et de Constantinople sous l'égide de Logres, cimentant ce colossal édifice avec le mortier éternel qu'est la loi de Merlin. Alors, pas avant, nous pourrons faire halte et mettre un terme provisoire à la conquête. Voilà mon ambition pour la Table qu'Arthur, mon père, a abandonnée. Me suivrez-vous ? »

Un murmure naquit, s'enfla et devint une ovation. Presque tous, enthousiasmés par le discours de Mordred, l'acclamaient, car chacun y trouvait son intérêt. Beaucoup y voyaient un accroissement de pouvoir et de richesse, pensant que le fanatisme de Mordred, correctement manipulé, serait plus favorable à leur avidité déguisée en zèle que l'intelligence d'Arthur qui les avait toujours devinés et tenus en échec. D'autres cédaient à la simple séduction de la guerre et de la conquête. Quelques-uns partageaient la foi de Mordred, admirant depuis longtemps son dévouement et son intégrité. Seuls Tristan et les cinq autres officiers d'Orcanie, militaires et civils, demeuraient hostiles, voyant avec inquiétude ce revirement de l'assemblée.

« Mon premier soin, dit Mordred, sera de réparer une faute d'Arthur en soumettant au jugement de la Table celle qui est la plus coupable du péril où nous nous trouvons, la reine Guenièvre. »

Il la fit chercher au palais de Carduel et amener à Camelot où elle comparut devant la Table. Elle ne nia rien des accusations portées contre elle, revendiquant au contraire ses actes avec orgueil, prouvant que Mordred, là encore, avait dit la vérité sur les causes réelles de la guerre civile.

« Tu te condamnes toi-même, dit-il, et ton manque insolent de regret nous interdit à ton égard toute mansuétude. Je réclame contre toi la peine de mort. »

Il y eut un flottement dans l'assemblée. Beaucoup hésitaient à se jeter dans l'irréparable, sachant qu'Arthur ne leur pardonnerait jamais le meurtre de la reine, et qu'ainsi ils se lieraient indissolublement à Mordred. C'est précisément ce que voulait celui-ci, car au fond il les méprisait et avait à leur égard la défiance que la foi, l'engagement total et le désintéressement ressentent face au doute, à la prudence et au calcul, de sorte qu'en leur demandant de prononcer une sentence de mort il obéissait en même temps à sa haine de tout ce qui à ses yeux nuisait à la Table et à une nécessité politique consistant à les entraîner sur un chemin où il n'y avait pas de retour possible. Ses partisans sincères se décidèrent les premiers, puis ceux qui le soutenaient par ambition et cupidité, enfin tous les autres à l'exception, encore une fois, des six officiers d'Orcanie.

« Arthur m'a déjà jugée, dit Guenièvre. Je vous dénie le droit de le faire après lui.

– Arthur n'est plus le roi, dit Mordred. Tu es en grande partie responsable de sa déposition. Cela devrait te réjouir, puisque ta vengeance est accomplie.

– C'est toi qui prends sa place ?

– Oui. Ainsi en a décidé la Table. »

Guenièvre eut un rire de dérision.

« Tu es un monstre honnête et aveugle, Mordred. Monstre, parce que tu es un esprit sans chair. Honnête, parce que tu crois sauver la Table. Aveugle, parce que tu ne vois pas qu'elle vient de mourir.

– Emmenez-la, dit Mordred qui avait pâli, et exécutez immédiatement la sentence. »

Mais Tristan, tirant l'épée, se plaça devant Guenièvre, imité par ses compagnons d'Orcanie.

« Bâtard, dit-il à Mordred, tu inaugures ton usurpation par un crime. Mais pour le commettre, toi et tes chiens devrez vous battre ici même, dans ce lieu où croiser le fer est sacrilège.

– Je te remercie de ta loyauté, Tristan, dit Guenièvre. Mais j'accepte volontiers mon sort. Je meurs du poison de ma propre vengeance. C'est juste et souhaitable, car je n'ai plus le désir de vivre. Va-t'en avec tes compagnons. »

Tristan baissa la tête et s'éloigna à regret, suivi des cinq autres. Ceux qui étaient les plus inquiets de leur propre trahison voulurent s'opposer à leur sortie.

« Laissez-les partir, dit Mordred.

– Mais, Seigneur, dit l'un d'eux, ils vont aller droit au camp d'Arthur et tout lui dévoiler !

– Qu'espérais-tu ? demanda Mordred avec mépris. Conquérir le monde en catimini ? »

Il attendit que ceux d'Orcanie eussent disparu, puis il ajouta :

« Exécutez la sentence. »

Tristan, sous la tente de commandement, au centre du campement de l'armée royale assiégeant depuis un an la cité de Bénoïc, venait de faire le récit détaillé des événements de la Table devant Arthur, Gauvain, Kay et Yvain.

« Aussitôt sorti de Camelot, conclut-il, j'ai demandé à mes compagnons de retourner le plus rapidement possible en Orcanie pour mettre l'armée sur le pied de guerre. Tu peux compter sur son absolue fidélité. Moi, je me suis rendu à Durnovaria où j'ai affrété un navire de commerce pour venir te rejoindre ici. »

Arthur, broyé par la révolte de Mordred et surtout par la mort de Guenièvre qui la faisait à ses yeux plus grande, plus fière et plus digne d'amour qu'elle ne l'avait été durant sa vie, se ressaisit.

« Je te remercie, Tristan, dit-il. Tu vas quitter Bénoïc avec vingt trirèmes à vide que je te donne et tu rejoindras l'Orcanie. Là, tu embarqueras les quatre mille guerriers de son armée et tu les conduiras au port de Petuaria, la capitale de la *civitas* des Parisii, puis à la forteresse d'Eburacum qui est proche. J'y serai. Voici un ordre pour le commandant de ma flotte de guerre. Pars immédiatement. »

Tristan s'inclina. Il se dirigea vers la porte de la tente.

« Tristan !

– Oui, Seigneur ?

– Jamais, dit Arthur d'une voix cassée par la douleur, je ne te prouverai assez ma gratitude pour avoir voulu sauver la vie de la reine ou mourir avec elle. »

Tristan s'inclina à nouveau et sortit.

« A présent, dit Arthur avec des larmes de colère et de tristesse, jugez-moi ! Jugez-moi comme ceux de Camelot. Je ne nie rien. Je ne renie rien. Je revendique ma passion pour Morgane, qui dure encore, et aussi ce fils né de l'inceste, et la guerre avec Lancelot, à laquelle il m'a forcé. Mon seul regret, si puissant qu'il me déchire le cœur, est d'avoir causé la perte de Guenièvre qui, je le vois à présent, m'aimait à sa manière violente et désespérée. Si j'ai démérité selon vous, qui comptez pour moi plus que tout l'empire, je jure de me démettre du pouvoir et de le donner à Yvain dont j'ai fait mon héritier. Jugez-moi ! »

Kay, toujours aussi ombrageux et emporté malgré ses quatre-vingt-deux ans, fut le premier à réagir :

« Avons-nous démérité nous-mêmes, Seigneur, que tu nous insultes de la sorte ? Le seul jugement que tu obtiendras de moi est celui-ci : je juge condamnable cette demande que tu me fais de te juger. Pour le reste, ma vieille carcasse peut encore donner et prendre quelques coups à ton service.

– Pour moi, dit Yvain, tu es et seras toujours la mesure la plus juste et la plus sage de la loi de la Table et de l'esprit de Merlin, et tout successeur ne pourrait être au mieux qu'un maladroit imitateur. Je crois que sous les dehors d'un zèle public forcené la révolte de

Mordred est tout aussi privée que celle de Lancelot, et par cet amalgame, que tu n'as jamais fait malgré la violence de tes épreuves intimes, ils ont démontré la faiblesse de leur capacité politique et rendu d'autant plus évidente, en regard, la fermeté philosophique de la tienne. Quant à te remplacer moi-même, il faudra que tu m'y forces.

– Je considère pour ma part, dit Gauvain, que la Table, privée de l'esprit que tu lui insuffles, toi et nul autre, n'est qu'un mauvais tas de planches cerné par une bande de radoteurs stériles ou d'hypocrites forcés par toi à la justice et à la vertu. J'ai hâte de tailler dans ce bois mort et d'en découdre avec ces traîtres, à commencer par Mordred.

– Mordred n'est pas un traître, dit Arthur. Il est pire. C'est un illuminé qui voit en tous des traîtres en puissance, ceux qu'il attaque comme ceux qu'il utilise. Pendant douze ans, Morgane a aiguisé cette arme contre Logres avec la pierre d'un fanatisme tôt ou tard destructeur de ce qu'il prétend défendre. J'avais cru pouvoir l'émousser par l'apprentissage du réel, et longtemps Mordred a été le meilleur serviteur de la Table parce que mon autorité et les circonstances favorables ont détourné l'usage de cette arme, la changeant en truelle de bâtisseur. Mais elle a retrouvé sa fonction initiale à la première occasion, celle de l'autonomie de sa décision coïncidant avec une crise interne à l'empire, et son tranchant s'est révélé meurtrier au-delà de tout ce qu'on pouvait craindre. Je me suis lourdement trompé sur le compte de Mordred, et lui confier la régence a été la plus grande erreur de ma vie. Toi seul, Gauvain, as montré de la clairvoyance en t'opposant à cette décision. Il va porter la guerre à l'extérieur et mettre le feu au monde. A l'intérieur, il couvrira sa terre de gibets où il accrochera tous les impurs. Merlin aurait dû le tuer à sa naissance, ou moi lorsque les signes intraitables de son fanatisme sont devenus évidents. Mais pour faire cela, il nous aurait fallu être, Merlin et moi, pareils à lui. »

Après un silence, Arthur poursuivit :

« Gauvain, tu vas offrir une trêve à Lancelot. Dis-lui que je désire une entrevue. Yvain et Kay, vous allez rassembler l'armée. Je vais lui révéler tous ces événements, de sorte que, si elle me suit, elle ne le fasse pas dans l'ignorance. »

Et devant les seize mille guerriers de l'armée royale, Arthur exposa la situation sans rien cacher ni déguiser, ajoutant que dans tous les cas il combattrait Mordred et ses alliés, quitte à abandonner ensuite le trône à Yvain.

« Jamais, dit-il, je ne permettrai que s'installe dans l'empire la tyrannie, pas plus celle de la force que celle de l'esprit, quels que soient les vertueux motifs invoqués, car elle engendre les deux vices majeurs du pouvoir, en apparence contraires mais indissolublement liés, le fanatisme et la corruption, eux-mêmes source du crime et de la chute. Vous battrez-vous à mon côté ? »

Une ovation immense monta de la foule, si puissante qu'elle attira tous les défenseurs de Bénoïc aux remparts. Gauvain, Kay et Yvain avaient levé l'épée en signe de salut et d'allégeance, imités par les officiers et par les guerriers. Pas un seul ne fit défaut.

Le soir, les portes de Bénoïc s'ouvrirent. Un grand guerrier les passa et traversa le camp sous les regards de reproche, de mépris, parfois de haine, des soldats de l'armée royale. C'était Lancelot. Il entra dans la tente de commandement où le roi l'attendait, solitaire.

« Je veux faire ma paix avec toi, dit Arthur. Mordred révolté a pris le pouvoir à Logres, soulevant contre moi presque tous les membres de la Table. Il a mis à mort la reine Guenièvre. Je vais rentrer en Grande Bretagne et m'opposer à lui non seulement pour punir ce crime, mais parce qu'il va faire de la loi dévoyée la machine aveugle de l'intolérance. Demeure sur ta terre avec Lionel et Bohort, car il se peut que bientôt l'Armorica devienne le seul refuge de cette loi trahie par ceux de Camelot, et que vous soyez les légataires de la Table défunte. »

Alors le mur que Lancelot avait construit entre lui et les faits, dans une cécité volontaire, en accumulant rancœur, orgueil et violence, s'effondra d'un coup. Il tomba sur ses genoux en gémissant, avec des sanglots irrépressibles, en proie à une intolérable douleur, sous le poids écrasant d'une culpabilité mûrie pendant quinze années, aggravée par sa conduite récente, et où se mêlaient contradictoirement le remords du parjure, le regret de l'amour et le deuil de Guenièvre dont le meurtre le brûlait comme un fer rouge. Il demandait à Arthur ému de son désespoir, avec des paroles hachées qui étaient comme des cris poussés sous l'effet d'une effroyable torture, de prendre sa vie, de l'envoyer se battre contre les conjurés afin qu'il pût trouver dans l'utilité de sa mort l'expiation et la paix. Il voulait par-dessus tout affronter Mordred, souhaitant que l'issue de ce combat de traîtres fût leur fin à tous deux. Arthur le releva, le baisa au front pour lui montrer qu'il lui pardonnait complètement, mais fut inflexible dans sa décision.

« La nuit s'avance sur Logres, dit-il, alors que l'aube se lève sur l'Armorica à cause de notre paix et de notre affection retrouvée. L'expiation de ta faute sera le lourd héritage de la Table, que tu partageras avec Lionel et Bohort, et ta vie, même si elle te fait horreur, dévouée à cette cause, sera plus utile que ta mort déguisée en punition vaine et en vengeance stérile. C'est à moi, et à moi seul, d'arrêter Mordred que j'ai créé à l'égal de Morgane, puisqu'il est notre fils. Si je l'emporte, je te rappellerai à Camelot que tu m'aideras à reconstruire. Si c'est lui qui triomphe, il te reviendra, à toi et à tes alliés, de défendre le véritable esprit de Merlin contre sa folie. Si nous périssons tous, et avec nous Logres qui deviendra la proie des barbares, alors Logres mort là-bas passera l'eau pour renaître ici. »

Le lendemain matin, les quatre-vingts trirèmes de guerre de la flotte royale qui restaient après le départ de Tristan pénétrèrent dans le port de Bénoïc. L'armée leva le camp et commença à s'embarquer. Arthur réunit Gauvain, Kay, Yvain et les seize officiers dans le palais de Lancelot, en sa présence.

« Nous débarquerons au port de Petuaria, leur dit-il, et nous ferons notre jonction avec l'armée d'Orcanie et Tristan à la forteresse d'Eburacum toute proche de la *civitas* des Brigantes. Ceci parce que nous devons avant tout nous assurer de l'armée du Nord, la deuxième force militaire de Logres après l'armée royale, soit par le combat, soit en obtenant son ralliement. Nous devons aussi prévenir tout trouble dans Gorre et à la frontière picte. Nous y laisserons des troupes sûres, de façon à éviter d'ajouter à la guerre intestine une agression extérieure. De là, nous irons au sud, reprenant le contrôle de Logres, de gré ou de force, province par province, ville par ville, en finissant par Carduel et Camelot. Mais il nous faut envisager que Mordred réunira contre nous toutes ses forces, les guerriers des garnisons se joignant à ceux de l'armée du Nord. Il ne pourra le faire qu'en un seul endroit, la terre des Brigantes, pour la même raison que j'ai déjà évoquée : ne pas déserter Gorre et la frontière. Nous lui livrerons alors une bataille décisive. Dans le premier cas, il est possible que nous réduisions la révolte sans grandes pertes. Dans le second, si les troupes de Mordred et leurs chefs lui sont fidèles comme à moi l'armée royale et celle d'Orcanie, quel que soit le vainqueur, le vaincu sera Logres. »

A la fin du jour, la flotte quitta le port de Bénoïc en direction des côtes orientales de la Grande Bretagne. Aussitôt, Lancelot envoya à Lionel et Bohort des messagers leur annonçant sa paix avec Arthur et leur demandant de le rejoindre avec leurs forces pour constituer une expédition destinée à soutenir le roi dans sa guerre contre Mordred. Il alla en personne au Palais du Lac informer Viviane des événements, et parcourut son royaume pour rassembler les soldats de Bénoïc qui, cette fois, se rallièrent tous à sa cause. Quelques jours plus tard, Lancelot, Lionel et Bohort, à la tête de douze mille guerriers d'Armorica, firent voile, sur quarante trirèmes de combat, vers Petuaria, pour rejoindre l'armée d'Arthur. Ils avaient été précédés par une petite galère de commerce, venue prendre dans une crique proche des ruines de Trèbes un voyageur solitaire. Merlin revenait au monde.

Arthur se tenait en compagnie d'Yvain sur le rempart de la forteresse d'Eburacum, regardant pensivement la terre toute proche des Brigantes qu'il était venu soumettre ou combattre. Dans ce lieu, Merlin enfant avait autrefois conclu une alliance entre Uther et Leodegan, alliance qui s'était révélée le plus sûr appui de l'empire naissant.

« Il n'y avait pas un seul guerrier de la garnison des Parisii, dit Yvain, ni à Petuaria, ni ici. La province entière semble avoir été désertée par les soldats.

– Oui, dit Arthur. Et il se pourrait bien qu'il en soit de même dans toutes les *civitates*, ce qui tendrait à vérifier ma conjecture la plus désastreuse pour Logres. Mordred a sans doute réuni toutes ses forces pour nous vaincre en une seule bataille.

– Treize mille guerriers de l'armée du Nord et dix-sept mille des garnisons contre seize mille de l'armée royale et quatre mille d'Orcanie... Nous nous battrons à deux contre trois. Ajoute à cela la férocité propre aux guerres civiles. Ce sera notre pire épreuve, autant pour l'esprit que pour le corps. Mais tes fidèles sont animés d'une conviction totale, et il est possible que certains partisans de Mordred soient amollis par la conscience de leur trahison, ce qui rétablirait une sorte d'équilibre. »

Un mouvement se faisait dans le lointain du sud-est. C'étaient les quatre mille piétons de l'armée d'Orcanie qui s'avançaient en bon ordre, venant de Petuaria où ils avaient débarqué la veille. Ils étaient conduits par six cavaliers, Tristan et les trois autres officiers militaires auxquels s'étaient joints les deux officiers civils, tous membres de la Table, ceux-là mêmes qui s'étaient opposés à Mordred et avaient pris la défense de la reine.

Le lendemain, les vingt mille hommes de l'armée d'Arthur levèrent le camp et quittèrent Eburacum en direction d'Isurium, la capitale de la province des Brigantes. Et lorsqu'ils y parvinrent, les habitants, comme à Petuaria, les accueillirent avec un mélange de désarroi, parce qu'ils aimaient Mordred à l'égal d'Arthur et qu'ils ne pouvaient comprendre sa révolte, de crainte et de honte à cause de la trahison de leurs guerriers et de leurs chefs. Ils dirent à Arthur que Mordred avait quitté la ville trois jours auparavant, emmenant les Brigantes qui y étaient cantonnés ainsi qu'une multitude de soldats venus de toutes les provinces avec leurs officiers pour aller rejoindre le gros de l'armée du Nord au mur d'Hadrien. Ils lui remirent un message de Mordred : « Père, l'avenir de la Table, de Logres et de l'Occident est à présent entre mes mains. Il m'appartient d'étendre la réalisation du rêve de Merlin, que tu as abandonnée, jusqu'aux confins de l'ancien empire de Rome. Si tu acceptes de te démettre, je t'accueillerai avec affection, gloire et honneur, car mon amour et ma dévotion pour toi sont intacts. Si tu refuses, et que tes guerriers te demeurent fidèles contre toute raison, viens m'affronter à l'ancienne frontière nord, à l'extrémité occidentale du mur d'Hadrien, dans les lieux qu'on appelle les champs de Camlann. Je t'y attends. »

Quatre jours plus tard, au crépuscule, l'armée arriva en vue du mur d'Hadrien, long serpent de pierre qui se perdait à l'est et à l'ouest, vieux de quatre siècles, encore imposant malgré ses brèches et ses défenses en partie ruinées, davantage par l'œuvre des Calédoniens pillards que par celle du temps. A un mille au sud, sur une hauteur dominant une plaine, mélange de lande et de prairie, un immense camp quadrangulaire se dressait, fortifié par un grossier système de palissades et de tours de guet aux angles et aux portes, faites de troncs équarris et liés par des cordes. Le lieu était Camlann, et le camp celui de Mordred.

Arthur fit dresser les tentes. Ne voulant pas fatiguer les hommes en leur imposant la construction de fortifications, il leur ordonna de manger et de dormir en armes pour répondre instantanément à toute attaque nocturne, et il plaça, autour du campement et en avant-postes, de nombreux veilleurs. Peu après, un cavalier venu du camp ennemi demanda audience au roi. C'était un puissant guerrier, connu pour son caractère emporté et irréfléchi, qui s'était fait le farouche soutien des rêves de conquête de Mordred. Il était le chef le plus influent des Cantiaci, membre de la Table, et se nommait Sagremor. Arthur, entouré de Gauvain, Kay, Yvain et Tristan, le reçut sous sa tente.

« Le seigneur Mordred, roi de Logres, chef de la Table et de l'empire, lui dit Sagremor avec insolence, te demande encore de te démettre avec tous les honneurs, et d'ordonner à tes partisans de lui jurer fidélité. Sinon, ce sera le combat à outrance. Quelles sont tes intentions ?

– Je le combattrai à outrance, dit Arthur, mais en duel singulier. Pourquoi un massacre, les horreurs de la guerre civile et la perte de Logres alors que nous pouvons régler seul à seul notre querelle ? Si je le vaincs, je pardonnerai à ses alliés qui se soumettront. Dans le cas contraire, ou si nous périssons tous deux, ce sera à mon héritier Yvain qu'il reviendra de décider de la suite. Mais jamais je ne reconnaîtrai la royauté de Mordred disqualifié à mes yeux non par sa corruption, car il est pur, mais par sa folie.

– Rassure-toi, dit Sagremor, il t'affrontera en personne. Mais il avait prévu et refusé à l'avance ta proposition de duel, car il ne peut mener à bien ses grands projets en y associant des hommes sur la foi desquels il ne peut compter. Et cette bataille lui offre l'occasion de les éliminer pour assurer la cohésion future de ses sujets et de l'empire.

– Précaution de traître craignant d'être trahi, dit Gauvain.

– Trahir un traître à la Table est une fidélité, dit Sagremor.

– Tu viens donc te soumettre ? demanda Gauvain avec un rire de mépris.

– Il suffit ! dit Arthur. Va-t'en, Sagremor. Va redire mes paroles à Mordred. Nous nous affronterons à l'aube. »

Sagremor sortit de la tente. Gauvain le rejoignit.

« Sagremor, lui dit-il, réserve-moi demain cette verrue d'épaule qui te tient lieu de tête. J'aurai plaisir à la trancher pour en faire couler la pestilence du parjure. Et dis à tes frères en infection que nous leur appliquerons la même chirurgie avec une générosité hippocratique. »

Sagremor porta la main à son épée. Mais il se contint et sauta à cheval. Il fixa Gauvain avec haine.

« Nous verrons demain, dit-il, si ton épée est aussi acérée que ta langue.

– Fais vite, alors. Car tu n'auras pas le temps d'y regarder à deux fois.

– A demain ! »

Et Sagremor sortit du camp au galop.

« Je voudrais y être, murmura Gauvain. Quelle sotte idée de considérer comme sacrée la vie des parlementaires ! La nuit sera longue. »

L'aube se levait sur les champs de Camlann dans un triomphe qui envahissait un ciel pur de toute vapeur et repoussait à l'extrême occident les dernières ténèbres de la nuit. Les rayons obliques d'un soleil énorme émergeant avec lenteur derrière les collines de l'est ricochaient sur la rosée du matin, lac suspendu à l'herbe haute, étale dans les méplats des prairies colorés d'or et de pourpre, et explosaient en reflets argentés contre l'obstacle de l'acier. Les deux armées se faisaient face dans un silence si profond qu'on entendait le chant des oiseaux. Et la quiétude de la nature s'éveillant avec paresse sous l'effet de la lumière montante qui en dévoilait peu à peu les splendeurs n'était troublée que par le souffle des chevaux exhalant une buée dans l'air vif, parfois un hennissement ou le bruit de sabots d'une bête fougueuse faisant un écart, que son cavalier remettait aussitôt en ligne.

Les troupes de Mordred étaient adossées à leur camp. Les soldats de l'armée du Nord, les Brigantes, cavaliers émérites et piétons endurants, tous aguerris dans les luttes ouvertes ou larvées contre Gorre et les Hautes Terres, étaient postés aux flancs, sorte d'encadrement sûr et féroce. Au centre, les dix-sept mille hommes des garnisons provinciales montraient un équipement plus riche cachant une expérience plus pauvre, habitués davantage aux opérations de police qu'au combat. Certains d'entre eux regardaient avec effroi les guerriers de l'armée royale, inférieurs en nombre mais les meilleurs d'Occident, qui avaient partout triomphé dans l'empire, et leurs farouches alliés d'Orcanie. Et puis il y avait les chefs. Mordred, magnifique guerrier monté sur un grand étalon de guerre, était secondé par cent vingt membres de la Table alignés derrière lui ou répartis selon leurs commandements militaires. Un seul, Sagremor, dont il avait fait son second, était à son côté. Mordred menait la plus forte cavalerie jamais vue à Logres, sur laquelle il fondait d'abord son espoir de vaincre, car elle était presque double de celle de l'armée royale. En face, Arthur, dont la seule vue terrifiait les plus lâches et inquiétait les plus braves à cause de sa stature géante intacte malgré les années, de sa légende où le mythe se mêlait à l'histoire de ses hauts faits, et aussi de sa réputation d'invincibilité, ne réunissait que vingt-cinq chefs de Camelot, mais il y avait parmi eux les plus fameux guerriers de l'empire, Mordred et Lancelot exceptés. Entouré de Kay et de Gauvain, il était à la tête de ses cavaliers. Yvain commandait les piétons de l'armée royale et Tristan ceux d'Orcanie. Et toute cette masse de chair et de fer était animée par la tension de l'attente, la hâte de l'action violente, la haine du frère ennemi, le vertige hideux et fascinant de tuer et de mourir, l'inquiétude et la peur aussi, inquiétude dans le camp du roi de voir cette aube de Camlann se changer en crépuscule de Logres, peur dans le camp de

Mordred chez ceux qui souffraient d'un défaut de conviction, peur de la défaite et du néant, car malgré les bonnes raisons de la vertu ou de l'intérêt, malgré l'écrasante majorité des chefs rebelles, malgré les torts du roi, Camelot l'éternel n'était pas Mordred, mais Arthur, pas ici, mais en face, et il fallait affronter l'impérissable.

Brusquement, Gauvain fit avancer son cheval vers l'armée ennemie et s'arrêta non loin de Mordred et Sagremor.

« Mordred, dit-il, à qui un prêtre fou peut-il en imposer sinon aux sourds, aux aveugles et aux idiots ? J'en vois derrière toi la horde débile, et à ton côté le plus sourd, le plus aveugle et le plus idiot. Nous sommes demain, Sagremor ! Viens ! Ou serais-tu aussi le plus couard ? »

Il avait tiré l'épée. Sagremor, plein de rage, avant que Mordred ait pu le retenir, dégaina à son tour et lança son cheval au grand galop. Gauvain l'attendait, immobile. Il opposa aisément son arme au coup de son adversaire tout en entamant une volte. Il poursuivit Sagremor et, au moment où celui-ci faisait demi-tour, il arriva sur lui. Et dans le temps infime qu'il le dépassait, on vit un flamboiement d'acier, seul aperçu d'un terrible revers de lame que l'œil ne pouvait suivre. La tête de Sagremor pencha sur son épaule, puis se décolla et roula à terre, pendant que son cheval emportait plus loin un corps mutilé qui semblait encore le conduire et qui, enfin, tomba à son tour. Gauvain planta son épée dans la bouche sanglante et, d'un geste ample, lança la tête au milieu de la ligne des chefs qui s'écartèrent en désordre. Alors Arthur donna le signal de la charge et au cri de « Logres ! », la cavalerie royale s'élança dans un tonnerre contre l'ennemi effaré, pendant qu'Yvain et Tristan faisaient avancer les piétons sans hâte, massivement, avec une discipline et une fermeté épouvantables. C'était comme un mur en marche.

Seul Mordred s'était porté à la rencontre de la charge, suivi bientôt par les cavaliers des Brigantes, alors que la plupart des chefs et les soldats des garnisons piétinaient encore, choqués par la perte, d'une horrible éloquence, d'un des plus vaillants d'entre eux, où ils voyaient un présage funeste. Arthur et Mordred se rencontrèrent, et leurs épées se heurtèrent avec violence, puis chacun pénétra au cœur des troupes de l'autre, et la tuerie commença. Arthur, Gauvain, Kay et les huit officiers de la cavalerie royale, ayant traversé les rangs des Brigantes assaillis par leurs hommes, fondirent sur le groupe des chefs restés en arrière et en firent un massacre. Arthur accomplissait des prodiges de force et d'adresse, montrant qu'il était toujours le meilleur guerrier de l'empire, et chacun de ses coups portait, presque toujours mortel. Gauvain montrait une valeur égale et, menant une sorte de guerre personnelle contre la trahison de ses pairs, il ne s'était jamais battu avec une telle fougue. Et ces deux faucheurs colossaux faisaient dans le champ ennemi de larges trouées sanglantes. Kay frappait en bûcheron comme à son habitude, mais ses coups avaient perdu de leur efficacité, manquant souvent le but. Cependant il gardait le roi contre les attaques de flanc. La moitié des membres rebelles de la Table avait été abattue lorsque Mordred, revenu sur ses pas après avoir tué un grand nombre d'adversaires, emmena la masse intacte des cavaliers des garnisons et dégagea les survivants. Une seconde fois, il croisa Arthur. Ils s'affrontèrent encore sans s'atteindre, et furent à nouveau séparés dans les vastes flux et reflux de la bataille.

A l'est, les infanteries s'étaient rejointes. Pendant que Tristan et ses hommes d'Orcanie affrontaient les guerriers les plus redoutables, les Brigantes de l'armée du Nord, se contentant de les séparer de leurs alliés sans pousser leurs attaques en raison de la disproportion des forces, Yvain, avec les piétons de l'armée royale, enveloppait les cohortes urbaines. Ce fut un effroyable carnage. En peu de temps, les huit mille cinq cents hommes des cohortes, mal entraînés, mal disciplinés, et dont le désordre s'aggravait d'une panique grandissante, furent anéantis avec leurs vingt-cinq officiers. Les quelques centaines de survivants s'égaillèrent, certains cherchant refuge auprès des Brigantes, mais arrêtés par les soldats d'Orcanie, d'autres tentant de se mettre à l'abri dans le camp, d'autres encore rencontrant dans leur fuite des cavaliers du roi qui les abattaient en pleine course. Yvain fit sa jonction avec Tristan et, à la tête de leurs troupes à présent supérieures en nombre, ils coururent aux Brigantes réduits à leur tour à une défense désespérée où ils montrèrent une telle vaillance qu'ils parvinrent un moment à contenir l'assaut. A la vue de ce désastre, Mordred, laissant la cavalerie des garnisons affronter celle d'Arthur, rallia les Brigantes à cheval pour aller secourir leurs frères et, dans une charge irrésistible, il tomba sur les arrières de l'infanterie royale ainsi prise en tenaille. Yvain et Tristan, voyant leurs rangs enfoncés et leurs hommes massacrés par les cavaliers, se portèrent contre ce nouvel adversaire. Tristan avait abattu trois officiers des Brigantes lorsqu'il se trouva face à face avec Mordred. La haine qu'il avait éprouvée à Camelot lors de l'usurpation et de la condamnation de Guenièvre le submergea. L'épée haute, il lança son cheval. Mais Mordred, d'un coup de taille donné avec la vivacité de l'éclair, sectionna le bras armé, puis, croisant son adversaire, doubla d'un revers qui lui ouvrit le dos, brisant l'échine. Tristan était mort avant même de tomber de sa monture. Mordred vit arriver sur sa tête une lame sifflante qu'il évita de justesse en plongeant sur l'encolure de son cheval. En même temps, d'instinct, il riposta par un long coup de pointe qui perça les entrailles de son assaillant. C'était Yvain. Il glissa lentement vers le sol, se tenant le ventre, recroquevillé autour d'une effroyable douleur. Mordred, oubliant le combat, sauta à terre et le prit dans ses bras.

« Yvain, lui dit-il, Yvain… Pardonne-moi. Je ne savais pas qui m'attaquait. Jamais je n'aurais frappé mon frère.

– Si tu veux me prouver cet amour au cœur de ta haine, dit Yvain d'une voix hachée par la souffrance, tue-moi ! Tue-moi ! Car je ne pourrai supporter longtemps une pareille torture. »

Alors Mordred, en pleurant, lui enfonça son épée dans le cœur. Et il remonta en selle, se jetant à nouveau dans la mêlée avec la fureur du désespoir qui brutalement avait remplacé dans son âme celle de vaincre.

Entre-temps, Arthur avait taillé en pièces les cavaliers des provinces. Il vit la mort d'Yvain et un grand froid le saisit, car il avait cru voir en même temps les commencements d'une immense agonie, celle de Logres.

Avec un hurlement, il partit au grand galop, suivi de Gauvain, de Kay et des survivants de sa cavalerie. Il fendirent les derniers rangs des garnisons et chargèrent les Brigantes, dégageant l'infanterie privée de ses chefs. Celle-ci, qui avait laissé sur le terrain les trois quarts de ses forces, ainsi soulagée des assauts meurtriers de Mordred, se tourna contre les piétons des Brigantes dont les combattants valides, encore moins nombreux, plièrent malgré leur courage devant l'attaque exaspérée par le deuil et le désir de vengeance, et finirent par se débander, fuyant vers l'abri du camp. Mais, avant de l'atteindre, beaucoup furent rejoints et abattus, et seulement deux mille hommes franchirent les palissades. Là, dans une position avantageuse, ils purent repousser l'adversaire.

Il y eut un répit, et les ennemis, se séparant, se comptèrent. Parmi les rebelles, des dix-sept mille guerriers des garnisons provinciales, il ne restait à peu près rien. Des Brigantes de l'armée du Nord, survivaient deux mille piétons retranchés dans le camp et autant de cavaliers réunis autour de Mordred. Les forces d'Arthur ne comptaient plus que trois mille piétons et douze cents cavaliers. Seuls quatre membres de la Table étaient encore en vie : Arthur, Gauvain, Kay et Mordred. Ce fut ce dernier qui lança l'ultime charge, et elle fut plus furieuse que toutes celles qui l'avaient précédée. La cavalerie royale se battait encore une fois à un contre deux, mais, soutenue par la présence de ses chefs les plus aimés, Arthur et Gauvain, elle se porta au-devant de l'ennemi avec une vaillance intacte. Les piétons reprirent leur assaut contre le camp.

Une troisième fois Arthur et Mordred se croisèrent et

leurs épées sonnèrent l'une contre l'autre, vibrant de la violence du choc. Mais tandis qu'Arthur poursuivait sa pénétration meurtrière dans la masse des ennemis, Mordred fit volte-face pour revenir vers lui. Sur sa route il trouva Kay et, pendant que celui-ci levait son épée comme une cognée, il lui traversa la gorge de sa lame. Kay tomba en vomissant un flot de sang. Au même instant, le cheval de Mordred s'abattit et son cavalier roula à terre. Gauvain venait de le heurter au grand galop, et il fut lui aussi désarçonné. Les deux guerriers se relevèrent ensemble et se firent face.

« C'est le moment, dit Gauvain, d'en terminer avec notre petit débat entamé dans la chambre de la reine. A ceci près que nous changeons d'argument. Celui de la parole convenait au prêtre, celui de l'épée s'impose pour le traître. »

Et ils se chargèrent. Mordred, pressé d'en finir, attaquait avec une rage froide. Gauvain conservait son calme, sachant qu'il lui faudrait toute son intelligence et sa science des armes pour vaincre un tel adversaire. Leur affrontement était un prodige de force et d'habileté, et le jeu était égal. Soudain, Mordred, voyant tout proche son cheval qui s'était relevé indemne, bondit sur lui et repartit dans la mêlée. Gauvain chercha le sien, mais il s'était enfui. Alors il se pencha sur le cadavre de Kay avec tristesse, envahi par la nostalgie de leurs incessantes querelles et de leur affection agressive. Il sentit dans son dos un choc violent, puis une douleur aiguë. Un cavalier venait de le frapper. Il vit qu'il était entouré par une dizaine de Brigantes voulant mettre à profit leur avantage d'affronter à plusieurs hommes à cheval un seul ennemi à pied, si puissant fût-il. Dans la première charge, il reçut deux autres blessures, mais il tua trois adversaires. Ses assaillants s'apprêtaient à le charger à nouveau lorsqu'ils furent balayés comme par un ouragan. Arthur venait d'arriver avec plusieurs guerriers et en un instant il avait fait le vide autour de Gauvain. Celui-ci saisit la bride d'un cheval démonté et, au prix d'une terrible souffrance, se mit en selle.

Les cavaliers achevèrent de s'exterminer. Tous les Brigantes périrent et Mordred resta seul. Sa monture avait été tuée, et il se tenait debout, l'épée haute, magnifique et dangereux, cerné par les cinq cents guerriers survivants de la cavalerie royale. Arthur l'observait et nul ne pouvait deviner ses pensées, à voir l'impassibilité de son visage. Autour du camp, que les derniers piétons de l'armée du Nord tenaient toujours, le combat cessa.

Gauvain se laissa glisser de son cheval, tomba, se releva et s'avança en titubant vers Mordred. Il sentait sa vie fuir avec son sang. Il s'arrêta, ramassant toute son énergie pour rester debout, être encore un peu. Les spasmes de la mort le faisaient trembler. Il dit :

« Les dieux eux-mêmes sont des canailles ! »

Et il s'abattit. Arthur sauta à terre, courut à lui et s'agenouilla. Gauvain était mort. Arthur prit la tête dans ses bras et la serra contre sa poitrine. Il se mit à sangloter avec désespoir, envahi tout entier par une intolérable douleur. Mordred s'avança, l'air égaré, semblant lui aussi en proie à une souffrance inouïe dont on ne savait la cause et qui rendait effroyable son beau visage. Il appela Arthur à plusieurs reprises, commençant dans un murmure qui s'acheva en cri :

« Père !... Père !... Père ! »

Arthur leva sur lui son regard, et Mordred y lut un tel mépris qu'avec un hurlement il lui planta son épée dans la poitrine. Presque en même temps, Arthur le frappa au ventre d'un coup si puissant que la pointe de son arme ressortit, rouge, dans le dos. Mordred saisit la lame et tenta de l'arracher, la serrant avec une telle force que le sang jaillit de ses doigts. Puis il s'effondra et mourut. Arthur se dressa par un effort de volonté inhumain et se mit à avancer droit devant lui. Il ruisselait de sang et répétait sans cesse le nom de Morgane. Enfin il s'abattit et sombra dans l'inconscience. Plusieurs guerriers sautèrent de cheval et, le saisissant avec précaution, l'emportèrent vers leur campement situé loin du champ de bataille. Mais, lorsqu'ils passèrent devant les portes du camp fortifié de Mordred, celles-ci s'ouvrirent, et les Brigantes survivants en sortirent, jetant leurs armes. Ils offrirent pour le roi l'abri de la tente de commandement et les services d'un chirurgien attaché à l'armée du Nord. Et lorsque le groupe portant Arthur traversa les rangs des soldats, beaucoup, fidèles et rebelles, pleuraient sans retenue. On déposa Arthur sur une couche et le chirurgien se mit aussitôt à l'œuvre. Les guerriers de l'armée royale enfermèrent les Brigantes dans un enclos. Tous sombrèrent peu après dans une prostration causée par l'épuisement et l'amertume, et dans cette hébétude il n'y avait plus ni prisonniers ni hommes libres, seulement des vaincus regardant d'un œil hagard la fin de Logres.

Un crépuscule rouge tombait sur les champs de Camlann, comme si le sang des guerriers morts continuait à couler, couvrant toute chose d'un manteau écarlate. Des chevaux erraient, s'arrêtant parfois pour brouter là où des éclaircies dans l'amoncellement des corps ménageaient des espaces herbeux. Et les oiseaux, qui avaient fui les tumultes de cette grande bataille, revenus, faisaient entendre leur chant du soir annonçant sur l'empire une nuit illimitée.

Arthur revint à lui en éprouvant une sensation d'étouffement. Un liquide envahissait sa bouche et sa gorge. Il toussa et rejeta un mélange de sang et d'eau, la poitrine déchirée par un élancement douloureux. Il sentit la couture fermant sa plaie et la fraîcheur d'un emplâtre tenu par un bandage serré. Il but à longs traits, avec avidité, au bec d'une outre glissé entre ses lèvres. Il ouvrit les yeux. Les derniers rayons d'un soleil à son terme envahissaient la tente par les portes de toile ouvertes à l'ouest. Sur une couche, le grand corps sans vie de Mordred gisait. Tournant la tête, Arthur vit à son côté un immense vieillard qui semblait, à cause de la blancheur de sa longue chevelure, de sa barbe et de son vêtement, émettre une sorte de lumière. Et dans cette stature, dans ces traits d'une noblesse et d'une sagesse sans égales, demeurés splendides malgré les ravinements du grand âge, il reconnut Merlin. Merlin sorti de sa retraite pour sauver la Table Ronde et arrivé trop tard. Il tenait une outre à la main et à sa ceinture était attachée l'épée royale arrachée à la chair de Mordred. Arthur lut dans ses yeux fixés sur lui la mélancolie de l'irrémédiable. Il tendit la main et Merlin la prit dans la sienne. Et le croisement de ces mains de vieillards fortes et usées était comme le signe d'un ancien pacte à présent sans autre objet qu'un rêve à l'agonie, un pacte d'amour ne trouvant qu'en lui-même sa propre cause et cerné par le néant. Arthur, serrant cette main comme si elle était son ultime lien avec le monde, épuisé par la perte de sang, s'endormit ainsi, d'un sommeil paisible. Merlin resta un long moment immobile, considérant le père et le fils étendus. Puis il sortit. Devant la tente, les survivants de l'armée royale et de celle d'Orcanie s'étaient massés, avertis par un vieux guerrier déjà présent à Badon, qui avait reconnu Merlin, et par ceux qui sur son ordre avaient porté dans le camp le cadavre de Mordred. Et ils le regardaient avec terreur et espoir, comme s'il était un dieu revenu après un demi-siècle d'absence arracher à la mort sa propre création. Merlin leur dit :

« Délivrez les prisonniers et donnez-leur des armes. »

Ils demeurèrent interdits.

« Regardez vers le nord. »

Dans la nuit tombante, on voyait, sur le rempart d'Hadrien, briller une multitude de petites lueurs.

« Voici les charognards venus se repaître du cadavre de Logres. Ce sont les premiers. Il y en aura d'autres. Il faut se battre ici. La retraite ne servirait à rien, et le roi ne peut être transporté. Nous n'aurons pas un homme de trop. Faites ce que je vous dis. »

Ils allèrent délivrer et armer les prisonniers, leur annonçant la nouvelle du retour de Merlin et de la survie du roi, et ceux-ci, à leur tour, crurent à l'avenir de la Table. Les ennemis se mêlèrent.

« A présent, leur dit Merlin, comptez-vous, et comptez les chevaux. »

Ils étaient près de trois mille guerriers de l'armée royale, quelques centaines d'Orcanie, et deux mille Brigantes, cinq mille en tout, et les chevaux un peu plus nombreux.

« Combien étiez-vous avant la bataille ? »

Le vieux soldat de Badon répondit :

« Dix fois ce que nous sommes. Vingt mille avec Arthur, trente mille avec Mordred. Tous les guerriers de Logres.

– Prends dix hommes avec toi, lui dit Merlin. Va observer ceux qui sont là-bas. Dis-moi qui ils sont, et combien. Fais vite. »

Il revint une heure après.

« Il y a les hommes de Gorre, qui n'ont pas pris part à notre guerre. Il y a des Pictes en grand nombre, et aussi des Scots. Ils sont au moins vingt mille, sans doute davantage. Ils campent. Ils seront là au matin, et il n'y aura plus un seul guerrier à Logres. »

Merlin rassembla à nouveau les soldats et leur dit :

« Je veux que tous les hommes sans exception aillent avec tous les chevaux jusqu'au bois le plus proche. Chaque homme coupera dix pieux d'une paume d'épaisseur et de huit pieds de long et les rapportera ici. Il faut que cela soit fait avant la fin de la deuxième veille. »

Et à la sixième heure de la nuit, cinquante mille pieux s'entassaient devant le camp. Merlin demanda aux guerriers réunis dans la lumière des torches :

« Combien y a-t-il de chefs couchés là-bas ?

– Tous, sauf le roi et Mordred, qui sont ici, et les trois princes d'Armorica. Cela fait cent quarante-cinq chefs.

– Vous allez barrer la plaine de Camlann d'est en ouest avec ces pieux, en procédant ainsi : vous les planterez à hauteur d'homme tous les trois pieds par groupes de trois cent dix alignés sur dix rangs de trente et un pieux. L'espacement des rangs sera de six pieds. Chaque groupe sera séparé du groupe voisin par une distance de dix pas, et devant chacun, au nord, vous planterez un pieu solitaire. Il y aura cent quarante-cinq groupes déployés sur plus de quatre milles. A chaque pieu aligné vous attacherez un guerrier mort, et à chaque pieu isolé un chef. Ils seront tournés vers le mur d'Hadrien. Vous les lierez aux chevilles, aux genoux, à la ceinture et aux aisselles pour qu'ils se tiennent bien droits, et vous nouerez leurs chevelures au sommet des pieux pour qu'ils aient la tête haute et ferme. Vous planterez le bois des lances dans le sol, et à chaque hampe vous fixerez la main d'un guerrier. Prenez toutes les cordes que vous trouverez dans le camp, et s'il n'y en a pas assez, faites-en avec le tissu des tentes, des couvertures et des vêtements. Tout doit être terminé avant l'aube. »

Et pendant que les soldats se mettaient à l'œuvre, Merlin retourna au chevet d'Arthur. La fièvre était venue et le roi s'agitait sur sa couche, pris d'un délire où il appelait Morgane et où il parlait à Merlin comme lorsqu'il était enfant, lui disant son effroi devant le fardeau terrible de Logres et de la Table pesant sur ses épaules. Et puis il semblait revenir à la réalité un instant, et pleurait la mort de Guenièvre et de Gauvain, d'Yvain et de Kay, de Mordred aussi, avant de retourner aux ombres de son passé. Merlin, craignant que ses mouvements subits et violents ne rouvrissent sa plaie, le lia à sa couche avec des bandes de tissu. Et il lui baignait le visage avec un linge mouillé et frais, lui donnait à boire, le calmait avec des mots de père. Arthur s'apaisa progressivement et la fièvre eut un reflux. Il s'endormit à nouveau.

Peu avant la fin de la quatrième veille, le soldat de Badon vint dire à Merlin que les hommes avaient achevé leur tâche. Merlin sortit du camp et, dans la première lueur du soleil encore enfoui derrière les collines, qui blanchissait l'orient, il vit, parfaitement alignée, étalée sur une énorme distance, la plus grande force jamais réunie dans l'empire. Une brume rampante du matin réfugiée dans la plaine l'enveloppait, faisant de cette armée de morts une armée de fantômes. Merlin monta à cheval. Il dit aux guerriers épuisés de l'imiter et de venir se placer, en une seule ligne de cinq mille cavaliers, derrière la multitude. Lui-même passa en revue ces cadavres relevés pour défendre Logres moribond. Ils étaient maculés de sang. A certains il manquait un membre. D'autres avaient été défigurés par un coup de lame. Mais tous, liés au bois, se tenaient fermement, comme prêts au combat, animés par on ne savait quelle horrible détermination, invincibles. Presque tous les chefs étaient étrangers à Merlin, mais il en reconnut plusieurs qu'il avait vus autrefois à Carduel, dans leur jeunesse. Sagremor, avec la plaie déjà noircie de sa tête coupée posée sur ses épaules. Tristan, qui, le bras droit sectionné, tenait de sa main gauche son épée liée à ses doigts. Kay, dont les traits lourds, obtus et joyeux étaient enfouis sous un masque de décrépitude et de désespoir et dont la bouche sanglante semblait lancer au ciel une ultime malédiction. Yvain, dont l'intelligence et la bonté restaient éloquentes sur le visage à travers la crispation de la douleur finale. Gauvain enfin, l'enfant terrible de Carduel, qui semblait sourire. Merlin arrêta sa monture devant lui et, se penchant, le baisa au front. Puis il s'avança à la tête de l'armée, vers la hauteur où le mur d'Hadrien émergeait progressivement de l'ombre.

Peu après, l'ennemi le passa en masses compactes et commença à descendre vers la vallée. D'abord il ne vit qu'une longue forme vague noyée dans la brume. Puis les rayons du soleil émergeant balayèrent la plaine. La nuée de terre s'évapora et l'acier brilla de mille feux. Alors les Calédoniens se figèrent, dans un silence absolu, découvrant l'immense armée de Logres. Merlin s'avança vers eux au galop et arrêta son cheval à peu de distance. Il cria :

« Regardez-moi ! Je suis Merlin ! Je suis revenu des terres de la mort pour rappeler à la vie les guerriers tombés à Camlann. Ils sont là, debout, à nouveau frères. Ils vous attendent. Logres et la Table Ronde ne mourront jamais. Mais vous, vous serez anéantis. »

Il prit à sa ceinture l'épée du roi et la brandit. Sa lame flamboya dans la lumière de l'aube. Alors les cinq mille cavaliers de Logres poussèrent l'ancien cri de bataille d'Uther : « Pendragon ! » Et ce cri fut si puissant qu'il semblait avoir été lancé par cinquante mille bouches. Il roula sur la plaine, emplissant tout l'espace. Une terreur folle envahit l'âme de l'ennemi. Pris de panique, il reflua en désordre. Les cavaliers passaient sur les corps des piétons. Chacun se taillait un chemin avec ses armes. Ce fut pire en arrivant au mur. Des masses d'hommes s'écrasaient autour des brèches comme un torrent impétueux enflé du chevauchement de ses eaux devant un goulet trop étroit. Beaucoup périrent piétinés ou étouffés. Et bientôt il n'y eut plus à Camlann un seul Calédonien vivant. L'armée fuyait vers Gorre, laissant sur le terrain près de deux mille cadavres sans avoir même livré bataille.

Merlin revint vers les guerriers de Logres dans une énorme acclamation. Les cavaliers montraient une joie d'enfant, semblant avoir oublié leur deuil, comme si leurs compagnons, au lieu de pourrir semblables à des suppliciés attachés aux bois de justice, étaient vivants et partageaient leur triomphe.

Alors Arthur apparut à l'entrée du camp. Éveillé par le victorieux cri de guerre, dans un effort effrayant, il avait brisé ses liens. Son sang, coulant à travers le bandage, inondant son torse et son ventre, se répandait en pluie sur l'herbe. Il regardait dans un émerveillement son armée debout. Il eut brusquement sous les yeux l'image de Logres sans fin, de Merlin éternel, de la loi de la Table à jamais. Et dans cette vision, il mourut.

Lancelot se tenait, écrasé de douleur, sous la tente de commandement, entre les couches où gisaient les cadavres d'Arthur et de Mordred. Il était arrivé au point du jour, le lendemain de la déroute des Calédoniens, avec Lionel, Bohort et leurs douze mille guerriers. Merlin lui jeta un regard où il y avait de l'affection et du ressentiment, et sortit de la tente sans un mot. Dehors, les soldats d'Armorica, mêlés aux survivants de Logres dont l'allégresse s'était muée en désespoir, ne pouvaient détacher les yeux de l'armée des morts qui pourrissait debout, en bon ordre, comme postée dans une veille infinie aux frontières du nord.

Au cours de la nuit précédente, le vent avait tourné et, sautant au midi, avait porté vers Gorre la puanteur du charnier qui croissait d'heure en heure. Les guerriers que les Calédoniens avaient laissés en arrière-garde pour surveiller les mouvements de l'ennemi, intrigués par cette pestilence diffuse charriée par les souffles de l'air, revinrent sur leurs pas et, cachés derrière le mur, ils observaient depuis l'aube la plaine et le campement. Et ils virent comment ils avaient été abusés. Ils envoyèrent à l'armée en fuite des émissaires et elle fit demi-tour. Au milieu du jour, elle apparut, forte de vingt mille guerriers, au rempart d'Hadrien encore encombré des cadavres témoignant de sa panique honteuse, décidée à prendre une féroce revanche.

Merlin, Lancelot, Lionel et Bohort voyaient l'ennemi se masser en ordre de combat le long du mur. Merlin dit à ses compagnons :

« Logres a vécu et toute bataille est devenue sans objet. Retournez dans votre terre et faites vivre et croître en Armorica la loi de la Table.

– Cette bataille aura un objet pour moi, dit Lancelot. Celui d'y trouver la mort, car je n'ai plus envie de vivre. »

Et il alla rassembler les troupes d'Armorica. Merlin interrogea des yeux Lionel et Bohort.

« Je reconnais la sagesse de ton conseil préméditant le futur, dit Lionel. Et à côté les sentiments humains paraissent dérisoires. Mais ne me demande pas d'abandonner Lancelot, ni d'ailleurs toi-même. Car comment moi, chef d'une terre étroite, pressenti par toi comme héritier insignifiant d'un monde de géants, pourrais-je me mettre à l'abri alors que le faiseur de ce monde reste exposé au péril ? C'est vouloir sauver la main au prix de la tête. Je reste. »

Et il rejoignit Lancelot. Bohort adressa à Merlin un sourire navré et le suivit. Merlin resta songeur. Les cavaliers de Logres le regardaient. Il demanda son cheval et se mit en selle. Il tira l'épée d'Arthur. Alors tous sautèrent sur leurs montures et se mirent à sa suite, dans une sorte de jubilation meurtrière et suicidaire. Ils se rangèrent aux côtés des troupes d'Armorica et Merlin vint se placer en tête de cette ultime armée de l'empire, devant Lancelot, Lionel et Bohort. Et, les yeux fixés sur cet extraordinaire vieillard comme figé dans l'isolement en splendeur et en majesté, ses ennemis comme ses alliés se dirent avec crainte ou dévotion qu'ils voyaient en fin de compte la vraie grandeur de la Table Ronde, qui était aussi la grandeur de l'homme. Lancelot, bouleversé, se tourna vers les guerriers et cria :

« Pour Logres ! Pour Armorica ! Pour Merlin, notre seigneur à tous ! A outrance ! Pas de prisonniers ! »

Alors, pour la première fois de sa vie, Merlin ordonna la charge, lançant son cheval au grand galop et pénétrant comme une lame le cœur de l'ennemi. Et des vingt mille guerriers de Caledonia, pas un seul ne revint à Gorre, à Dalriada ou dans les Hautes Terres pour dire les exploits et les prodiges de cette seconde journée de Camlann. Mais tous les cavaliers de Logres avaient péri, Armorica avait perdu huit mille hommes, et on trouva, au pied du rempart d'Hadrien où ils avaient acculé l'adversaire, les cadavres de Lancelot, Lionel et Bohort. La Table Ronde avait achevé son agonie.

Et Merlin, après avoir construit dans l'île d'Avalon un mausolée à Arthur, à Morgane et à son propre rêve, retourna à une solitude éternelle.

ANNEXE

DATE	ÉVÉNEMENTS
406	Départ des légions – Grand-père de Merlin roi des Demetae – Constant roi de Logres
412	Guerre des Demetae contre les Ordovices – Naissance de Leodegan
422	Victoire des Demetae à Deva – Naissance de Pendragon
423	Annexion de la terre des Ordovices par le grand-père de Merlin – Naissance d'Uther
425	Mort de Constant – Usurpation de Vortigern – Naissance de la mère de Merlin
426	Le grand-père de Merlin recueille Pendragon et Uther, fils de Constant
438	Naissance d'Ygerne – Invasion saxonne du sud de Logres – Exode des habitants en Armorica
440	Alliance de Vortigern avec les Saxons à qui il donne une terre – Naissance de Loth
445	Naissance de Merlin – Guerre des Demetae contre les Silures
450	Victoire des Demetae à Isca – Prise de Carduel – Le grand-père de Merlin roi des Galles
452	Guerre des Galles contre Logres
453	Défaite et mort de Vortigern à Londinium (Londres) – Pendragon roi de Logres
454	Bataille de Venta Belgarum – Mort du roi des Galles et de Pendragon – Uther écrase les Saxons
455	Mausolée de Stanhenges – Uther roi de Logres et des Galles – Début de la conquête
456	Conquête des terres des Iceni et des Coritani – Mariage d'Ygerne et du roi de Dumnonia
457	Conquête des terres des Cornovii et des Parisii – Naissances de Kay et de Morcades
458	Alliance d'Uther avec Leodegan et Loth – Naissance de Morgane – Rencontre d'Uther et d'Ygerne
459	Guerre de Dumnonia – Conception d'Arthur – Victoire d'Uther – Mort du roi de Dumnonia à Tintagel
460	Mariage d'Uther et d'Ygerne – Paix d'Uther – Naissance d'Arthur placé par Merlin chez Auctor
461	Création de la Table Ronde par Merlin à Carduel – Naissance de Ban
462	Éducation d'Arthur et de Morgane par Merlin – Naissance de Bohort
474	Mariage de Morcades et de Loth d'Orcanie
475	Maladie d'Uther – Naissances de Guenièvre, Viviane et Gauvain – Mort d'Uther
476	Couronnement d'Arthur – Chute de Rome – Expédition d'Arthur en Armorica
477	Soumission de l'Armorica – Ban roi de Bénoïc, Bohort roi de Gaunes, Cardeu roi des Redones
478	Deuxième Table Ronde à Camelot – Passion incestueuse Arthur-Morgane – Conception de Mordred
479	Naissance de Mordred au Val sans Retour dans le pays de Bénoïc, en Armorica
490	Bataille de Mount Badon – Arthur écrase les Saxons – Morts de Leodegan et de Loth
491	Mariage d'Arthur et de Guenièvre – Morgane, Mordred et Viviane à Carduel
492	Morgane à Avalon – Merlin et Viviane au Bois en Val – Retraite de Merlin – La Dame du Lac
493	Guerre de Ban et Bohort contre Claudas – Guerre d'Arthur et Gauvain contre les Pictes
495	Naissance de Lancelot
496	Défaite et mort de Ban – Lancelot recueilli par Viviane – Naissance de Lionel
500	Défaite et mort de Bohort – Naissance de son second fils Bohort – Lionel et Bohort recueillis par Viviane
508	Viviane achève l'éducation de Lancelot
513	Lancelot, Lionel et Bohort prêts à reconquérir leurs terres
520	Deuxième guerre contre Claudas menée par Lancelot, Lionel et Bohort armés par Arthur
522	Défaite et mort de Claudas – Lancelot à Bénoïc, Bohort en Terre Déserte, Lionel à Gaunes
523	Guerre de Gorre – Annexion de Gorre par Arthur
524	Expédition victorieuse d'Arthur contre Dalriada et les Pictes
525	Apogée de la Table Ronde – Paix d'Arthur
537	Lancelot et Guenièvre surpris
538	Guerre d'Arthur contre Lancelot en Armorica – Régence de Mordred à Logres
539	Trahison de Mordred – Bataille de Camlann – Fin de la Table Ronde et de Logres
544	Mort de Morgane à Avalon – Mausolée d'Arthur et de Morgane à Avalon
545	Solitude de Merlin au Bois en Val

Constant	Vortigern	Blaise	Grand-père de Merlin	Leodegan	Pendragon, fils de Constant	Uther, fils de Constant	Mère de Merlin	Ygerne	Loth d'Orcanie	Merlin	Kay, fils d'Auctor	Morcades, fille d'Ygerne	Morgane, fille d'Ygerne	ARTHUR, fils d'Uther et d'Ygerne	Ban de Bénoïc	Bohort de Gaunes	Guenièvre, fille de Leodegan	Viviane, fille de Cardeu	Gauvain, fils de Loth et de Morcades	Mordred, fils d'Arthur et de Morgane	Lancelot, fils de Ban	Lionel, fils de Bohort	Bohort, fils de Bohort
36	36	31	16																				
42	42	37	22	Naiss.																			
52	52	47	32	10	Naiss.																		
53	53	48	33	11	1	Naiss.																	
55†	55	50	35	13	3	2	Naiss.																
	56	51	36	14	4	3	1																
	68	63	48	26	16	15	13	Naiss.															
	70	65	50	28	18	17	15	2	Naiss.														
	75	70	55	33	23	22	20	7	5	Naiss.													
	80	75	60	38	28	27	25	12	10	5													
	82	77	62	40	30	29	27	14	12	7													
	83†	78	63	41	31	30	28	15	13	8													
		79†	64†	42	32†	31	29†	16	14	9													
				43		32		17	15	10													
				44		33		18	16	11													
				45		34		19	17	12	Naiss.	Naiss.											
				46		35		20	18	13	1	1	Naiss.										
				47		36		21	19	14	2	2	1										
				48		37		22	20	15	3	3	2	Naiss.									
				49		38		23	21	16	4	4	3	1	Naiss.								
				50		39		24	22	17	5	5	4	2	1	Naiss.							
				62		51		36	34	29	17	17	16	14	13	12							
				63		52†		37	35	30	18	18	17	15	14	13	Naiss.	Naiss.	Naiss.				
				64				38	36	31	19	19	18	16	15	14	1	1	1				
				65				39	37	32	20	20	19	17	16	15	2	2	2				
				66				40†	38	33	21	21	20	18	17	16	3	3	3				
				67					39	34	22	22	21	19	18	17	4	4	4	Naiss.			
				78†					50†	45	33	33	32	30	29	28	15	15	15	11			
										46	34	34	33	31	30	29	16	16	16	12			
										47	35	35	34	32	31	30	17	17	17	13			
										48	36	36	35	33	32	31	18	18	18	14			
										50	38	38	37	35	34	33	20	20	20	16	Naiss.		
										51	39	39	38	36	35†	34	21	21	21	17	1	Naiss.	
										55	43	43†	42	40		38†	25	25	25	21	5	4	Naiss.
										63	51		50	48			33	33	33	29	13	12	8
										68	56		55	53			38	38	38	34	18	17	13
										75	63		62	60			45	45	45	41	25	24	20
										77	65		64	62			47	47	47	43	27	26	22
										78	66		65	63			48	48	48	44	28	27	23
										79	67		66	64			49	49	49	45	29	28	24
										80	68		67	65			50	50	50	46	30	29	25
										92	80		79	77			62	62	62	58	42	41	37
										93	81		80	78			63	63	63	59	43	42	38
										94	82†		81	79†			64†	64†	64†	60†	44†	43†	39†
										99			86†										
										100													

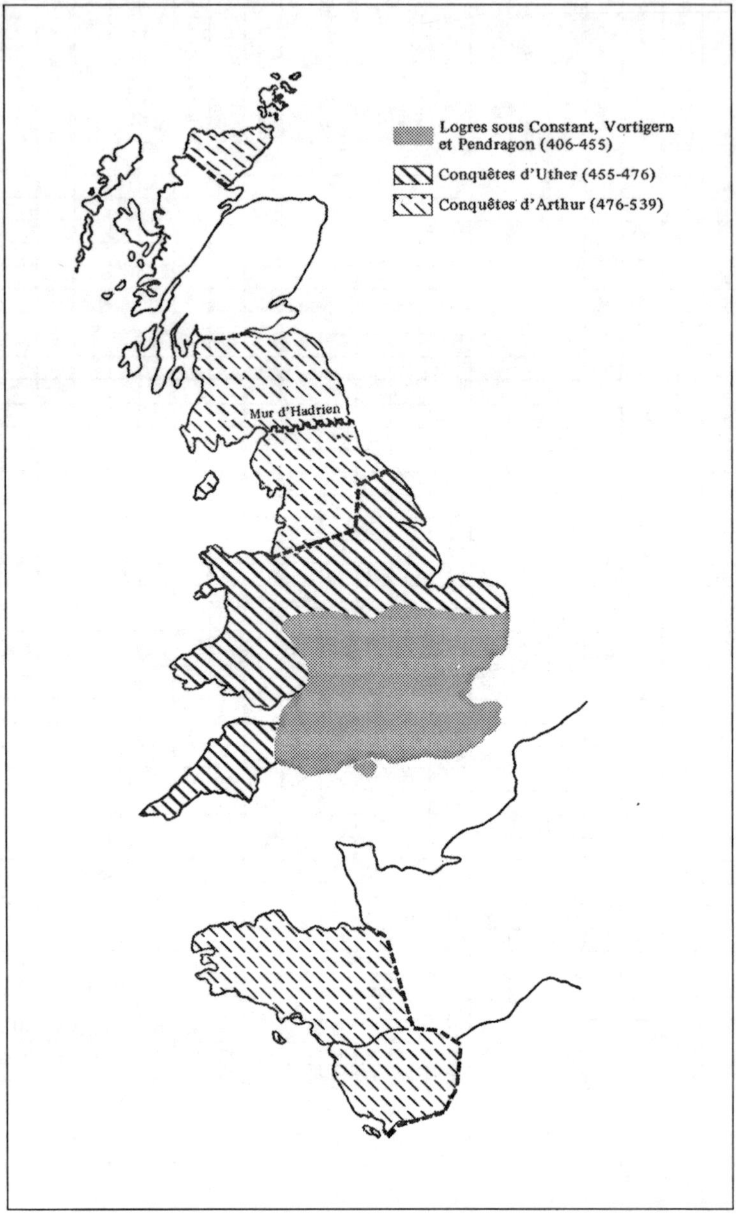
Logres sous Constant, Vortigern et Pendragon (406-455)
Conquêtes d'Uther (455-476)
Conquêtes d'Arthur (476-539)
Mur d'Hadrien

ORCANIE
(Orcades et Caledonia du Nord)
TERRE DES PICTES
PICTI
SCOTTI
DALRIADA
GORRE
(Caledonia du Sud)
CALEDONES
Mur d'Hadrien
Camlann
BRIGANTES
Isurium
Eburacum
PARISII
Petuaria
Deva
CORNOVII
CORITANI
ORDOVICES
Ratae
ICENI
Venta
LOGRES
Viroconium
GALLES
DOBUNNI
CATUVELLAUNI
TRINOVANTES
DEMETAE
SILURES
Corinium
Verulamium
Camulodunum
Moridunum
Carduel
Isca
BELGAE
ATREBATES
Londinium
Badon
Calleva
CANTI CI
Durovernum
Camelot
REGNENSES
Isca
Venta
Tintagel
DUMNONII
DUROTRIGES
Noviomagus
Durnovaria
DUMNONIA
Ile d'Avalon
Bois en Val
Trèbes
Palais du Lac
BRETONS
Bénoïc
REDONES
Gaunes
Forêt de Brocéliande
Rennes
ARMORICA
(Bretagne gauloise)
Palais du Val sans Retour
TERRE DÉSERTE
Frontières de l'empire arthurien
Frontières des civitates et des royaumes soumis
Capitales successives de Logres
Capitales des civitates et des royaumes soumis
Forteresses
Palais
Bois et forêts
PAYS et PEUPLES
Batailles principales

La matière de Bretagne a toujours été à mes yeux une matière chaotique, non seulement parce qu'elle est une sorte de *Genèse* occidentale et tardive, mais parce que ses origines multiples, ses auteurs nombreux, anonymes ou non, la profusion de ses accidents, la cohue de ses acteurs, l'anarchie de sa temporalité, l'immense décalage entre la date (cinquième et sixième siècles) et le contexte culturel (douzième et treizième siècles), bref ce riche désordre, m'offraient toutes les espérances du possible, et aussi les déceptions de l'accomplissement. Cette générosité unique des compétences de l'univers mis en place et les inégalités, parfois les pauvretés, de ses performances ont fait naître en moi une admiration frustrée, un amour agacé. Et cela concerne non seulement le monde du cycle, mais aussi ses plus grands acteurs : Merlin, qui pourrait être, sinon Dieu, du moins son double démiurge, se perd trop souvent dans des tours de magicien. Morgane accumule d'incroyables qualités, noires ou lumineuses, au service du caprice, ou de rien. Arthur, héros du pouvoir et du vouloir, se fige très tôt dans une langueur de potiche. Et ces superbes monstres ligotés cèdent le devant de la scène à ceux qui sont à mon avis des seconds rôles, héros cogneurs aux galipettes redondantes et monotones, exécutants sans projet et sans esprit d'un grand rêve, celui de Merlin, se perdant ainsi dans les mesquineries quotidiennes de l'exploit gratuit.

J'ai dit dans la postface de *Merlin* que je m'étais livré à une trahison illimitée. Ce n'est après tout qu'à demi vrai. J'ai été fidèle aux potentialités du cycle qui s'y inscrivent dès ses commencements, fidèle à l'idée en germe, du moins celle que j'ai cru y lire, celle d'un monde qui se pense et qui en fin de compte ne se fait pas, et aux seuls vrais personnages liés à cette idée : Merlin ou l'utopie, Morgane ou la révolte, Arthur ou l'exercice du pouvoir, c'est-à-dire du compromis. Arthur englué dans le réel et fasciné par ces deux splendides figures de la liberté de l'esprit, évadées dans le savoir, le créateur et la destructrice, le père et la sœur-amante, Merlin et Morgane. J'ai trahi tout le reste, les « galipettes », donc la majeure partie du cycle. Pour me débarrasser du bric-à-brac médiéval, j'ai tout simplement replacé le monde arthurien à sa véritable époque, celle des royaumes bretons, ou des chefferies bretonnes, qui suit immédiatement le départ des légions romaines, au cinquième siècle. Période très mal connue, cernée par quelques suppositions générales, l'héritage romain et grec, l'héritage chrétien dans une moindre mesure, période cependant un peu précisée par des travaux d'historiens et d'archéologues comme Leslie Alcock ou Charles Thomas. Ce flou historique m'offrait l'avantage d'une grande liberté d'invention tout en soumettant le cycle, sorti de cette espèce d'atemporalité médiévale, aux rigueurs de l'histoire, aux limites de la géographie, à la logique d'un déroulement linéaire. De là mon tableau chronologique et mes cartes, projet apparent d'historien mettant de l'ordre dans le chaos littéraire, projet en réalité d'écrivain comblant par l'imaginaire les silences de l'histoire. Car il s'agissait bien pour moi d'illustrer la dialectique légende/histoire, de montrer comment une histoire sans magie aucune sert de terreau à la légende opérant une interprétation merveilleuse des faits, comment la légende, prenant la forme d'une utopie indispensable à l'esprit, nourrit à son tour l'histoire en imprégnant ses acteurs, comment l'histoire finit par tuer la légende, et comment celle-ci renaît dans la fiction, la littérature. La littérature, aussi pesante et présente dans la pensée que l'entêtement des faits. Et donc la légende, l'utopie, la création, c'est Merlin. L'histoire, c'est Morgane. Leur dialectique concrète, c'est Arthur. Le meurtre de la légende par l'histoire, c'est la bataille finale de Camlann. La renaissance de la légende par la fiction littéraire, c'est le mausolée d'Arthur et de Morgane élevé par Merlin à Avalon, disant cette histoire légendaire de Logres ainsi léguée au futur, histoire d'un échec grandiose changé en succès par la fortune de l'art. Rêve inlassable de vaincre la mort, toujours assassiné par les choses, toujours renaissant dans l'esprit. Pour moi, c'est cela, avant tout, la littérature.

Michel Rio

(texte publié dans *Le Magazine littéraire*, décembre 1999)

Du même auteur

Mélancolie Nord
roman
prix du roman de la Société des Gens de Lettres
Seuil, 1997 (1re publication, Balland, 1982)
et « Points », n° P603

Le Perchoir du perroquet
roman
grand prix du roman de la Société des Gens de Lettres
Seuil, 1997 (1re publication, Balland, 1983)
et « Points », n° P602

Alizés
roman
prix des Créateurs
Seuil, 1997 (1re publication, Balland, 1984)
Gallimard, « Folio », n° 1819

Les Jungles pensives
roman
Seuil, 1997 (1re publication, Balland, 1985)
et « Points », n° P666

Archipel
roman
Seuil, 1987
et « Points », n° P578

Merlin
roman
Seuil, 1989
et « Points », n° P504

Baleine pied-de-poule
théâtre
Seuil, 1990

Faux Pas
roman
premier prix du C. E. Renault
Seuil, 1991
et « Points », n° P579

Rêve de logique
essais critiques
Seuil, 1992

Tlacuilo
roman
prix Médicis
Seuil, 1992
et « Points », n° P640

Le Principe d'incertitude
roman
Seuil, 1993
et « Points », n° P47

L'Ouroboros
théâtre
Seuil, 1993

Les Polymorphes
conte illustré par l'auteur
Seuil, 1994

Les Aventures des Oiseaux-Fruits
(trois volumes)
contes
Seuil, 1995

Manhattan terminus
roman
Seuil, 1995
et « Points », n° P326

La Statue de la liberté
roman
Seuil, 1997
et « Points », n° P750

La Mort
(Une enquête de Francis Malone)
roman
Seuil, 1998
et « Points », n° P749

Morgane
roman
Seuil, 1999

RÉALISATION : PAO ÉDITIONS DU SEUIL
REPRODUIT ET ACHEVÉ D'IMPRIMER SUR ROTO-PAGE
PAR L'IMPRIMERIE FLOCH À MAYENNE (03-01)
DÉPÔT LÉGAL : JANVIER 2001. N° 37365-3 (51122)